U0508000

神奇的

（纯享版）

6分钟日记

可以改变你人生的一本书

[德]多米尼克·斯宾斯特◎著

怡 冰◎译

民主与建设出版社

·北京·

© 民主与建设出版社，2025

图书在版编目（CIP）数据

神奇的6分钟日记：纯享版：可以改变你人生的一本书 /（德）多米尼克·斯宾斯特著；怡冰译. -- 北京：民主与建设出版社，2025. 1. -- ISBN 978-7-5139-4818-0

Ⅰ. I516.65

中国国家版本馆CIP数据核字第20243PX148号

Original Title: Das 6-Minuten-Tagebuch pur.
Ein Buch, das dein Leben verändert.

Copyright © 2020 by Rowohlt Verlag GmbH, Hamburg
Copyright © 2016 by Dominik Spenst

Chinese language edition arranged through HERCULES Business & Culture GmbH, Germany.

著作权合同登记号：01-2025-0669

神奇的6分钟日记（纯享版）：可以改变你人生的一本书
SHENQIDE 6FENZHONG RIJI CHUNXIANG BAN KEYI GAIBIAN NI RENSHENG DE YIBENSHU

著　　者	[德]多米尼克·斯宾斯特	
译　　者	怡　冰	
责任编辑	刘　芳	
封面设计	沈加坤	
出版发行	民主与建设出版社有限责任公司	
电　　话	（010）59417749　59419778	
社　　址	北京市朝阳区宏泰东街远洋万和南区伍号公馆4层	
邮　　编	100102	
印　　刷	三河市中晟雅豪印务有限公司	
版　　次	2025 年 1 月第 1 版	
印　　次	2025 年 4 月第 1 次印刷	
开　　本	787mm × 1092mm　1/32	
印　　张	9.25	
字　　数	180 千字	
书　　号	ISBN 978-7-5139-4818-0	
定　　价	88.00元	

注：如有印、装质量问题，请与出版社联系。

那些想要生活更幸福的人，首先需要做的就是好好地思考——这将在本书中得到训练。这本《神奇的6分钟日记（纯享版）》不是让我们去看自己的缺失或者哪里不合适，而是让我们关注进步和美好的东西。

在早上和晚上的三分钟日记里，我们会用到已被验证而且简单有效的正向心理学，来持续不断提升自身的幸福感。用6分钟，培养良好的习惯，比如感恩、乐观，通过深思熟虑实现个人成长。通过这种方式，积极的变化将会潜移默化地融入到日常生活中，让你的生活变得一天比一天美好。

多米尼克·斯宾斯特，1988年出生，曾在法兰克福、曼谷、巴塞罗那和帕德博恩学习企业管理。他曾经历一场重大事故，住院4个月，这段难忘的经历，让他撰写了《神奇的6分钟日记》，在德国出版。目前他和他的团队在柏林正在打造一个品牌——"Urbestself"，目的是让用户以一种非常个性化的方式书写书籍，让他们变得更快乐、更高效，同时得到更多尊重。

目 录

如果我们总是对别人

或将来某个时间有所期待，

改变是不会来的。

我们才是自己一直等待的那个人。

我们就是我们正在寻找的变化。

——贝拉克·奥巴马（1961—，美国）

《神奇的6分钟日记（纯享版）》

及它与我们自身的关系

　　在我们跟踪并做了大量《神奇的6分钟日记》的调查问卷后，我们为你提供了这个纯享版。纯享版可以继续例行原来的《神奇的6分钟日记》，同时可以开始新的例行程序。为了让你和你的同伴尽可能容易地开始，你还可以在这个纯享版中找到一些能够让你充分利用它并保持最佳状态的建议。

　　因此，本版本里还包含一个新的每周例行程序，由每周反思和每周计划构成。新的例行程序不是取代你的日程表或待办事项清单，而是更好地推进你正确的思考过程，进而顺畅地处理以下两个基本问题：是什么让你快乐（每周反思）？你怎样才能把更多快乐的东西带进你的生活（每周计划）？只有经常倾听自己的心声，倾听内心的声音，你才能设定真正适合自己并且能够实现的目标。因此，持续的自我反省对于未来规划至关重要，这是一个与你自己目标一致的规划，一个不是为了符合他人期望而是符合自己优先排序和价值观的自主规划。通过实践新的每周例行程序，你可以从现在开始经常将每周反思和真正的未来规划结合起来。

　　我们常常忘记，幸福螺丝钉从来没有拧紧过。我们每天甚至每小时都在变化，因此我们必须不断地旋转和调整我们的幸福螺丝钉。继续积极主动地转动你的幸福螺丝钉吧，关注你的进步和美好，以及身边的美好事物。在今后的日常生活中，更放松、更专注。

日记本

就是你理解的那个日记本而已

手里这420克纸真的能改变你的生活吗？

没有你的帮助，日记实际上只不过是很多纸和一些墨水而已。你不能用日记本从自动取款机里取钱，也不能把它当枕头睡得更香，它更不适合用来当哑铃。

你的决定、思想和情感，在书中科学问题的引导下才能被唤醒。只有通过你的回答和寻找答案时所经历的宝贵时刻，这些问题才能展现出它们真正的力量。是你自己从日记中创造出它可以成为的一切——从而引发你自己的巨大改变。

每一天，你都在用你的生活填满页面，你为筑起自己的幸福和进步的第一道墙加了一块（又一块）石头。一堵墙很快就变成了几堵墙，在你看到它之前，你已经建造了一座漂亮而坚固的房子。这本《神奇的6分钟日记》并没有告诉你通往幸福的黄金之路，也没有告诉你一个不存在的公式，因为我们都是如此的不同。它只为你提供了基础和材料，借助它们你可以自己建造幸福和进步之家。你想怎么建造这个房子，取决于你每天对新事物的尝试，因为在你书写的每一页日记中，你都会给你的房子画上你自己不一样的符号和痕迹。

预测未来最好的方式

就是去创造它。

——维利·勃兰特（1913—1992，德国）

概述

简要概述你如何能够最大化地
利用这本《神奇的 6 分钟日记（纯享版）》。

早晨例行

① **我很感恩……**
写下三件让你感恩的事情，或者一件让你感恩的事情，并说明三条理由。

② **什么让今天变得那么美好？**
关注当天的一切可能性和机会。你今天的目标是什么？为了朝着正确的方向发展，你今天都采取了哪些具体措施？

③ **积极的自我肯定**（第15页）
画出自己今天或者将来的样子，把自己定义为你想成为的那个人。

晚间例行

④ **今天我为别人做了什么好事？**
任何一个小的举动都能给人带来快乐。为别人做好事，也会让自己很开心。

⑤ **明天我能把什么事情做得更好？**
你想要不断地成长和进步，那么你今天学到了什么？你认为还有哪些改进的空间？

⑥ **一些美好的事情，我今天经历的**
每天都有充满了小幸福和小成就的时刻，睁大眼睛迎接它们、抓住它们、抓牢它们。

每周和每月例行

每周挑战（第64~65页）
离开你自己的舒适区，去为自己或他人做一些好事。

每月6问（第70~71页）
这些问题中有很多你一生都可能从未问过自己。它们要么令人兴奋、激动、深刻、不同寻常、有趣、娱快、鼓舞人心，要么是所有都有的复杂感受。

❶ 我很感恩……

1. 今天睡了一个很舒服的觉。
2. 闻到刚煮的咖啡香味儿。
3. 我的家人一直在那里等我。

举例
你的 6 分钟例
行看起来可能
是什么样的?

❷ 什么让今天变得那么美好?

我在项目上只花费了一个小时,因为我工作效率很高,自己
有决定权。

我想让自己变得有吸引力和平衡感,所以去了健身房。

晚上做了美味的菠菜千层面。

❸ 积极的自我肯定

我耐心和平静地迎接所有的挑战。

当天的名人名言
或者
每周挑战

❹ 今天我为别人做了什么好事?

我今天倾听了一位女同事的心事。

❺ 明天我能把什么事情做得更好?

我能晚上 8 点关掉手机。

我喝咖啡和茶,不加糖。

❻ 一些美好的事情,我今天经历的……

1. 建设性地落实反馈,而不只是一味地自我怀疑。
2. 雨中漫步,心情很好。
3. 用自己做的千层面作为社交晚餐 :)

5

一些建议

而且永远不会过时

　　有时你会卡住，找不到"合适的"回答，或者感觉自己的条目在重复？根据用户的反馈以及我们的经验，大多数关于日常生活的问题都可以通过一些提示来回答。因为你不会总是手头拿着那本经典的《神奇的6分钟日记》，所以我们也采纳了这些提示，并将它们作为辅助写入了前五十页的内容。

深入细节，去感受你写的东西

　　因为日记的结构并非每天都会发生变化，所以可能会发生重复的情况。有时候这本身并不是什么坏事，比如积极的自我肯定，甚至可以说重复是非常有用的。然而，在某些情况下，经常重复自己的话也是毫无意义的。你能做些什么来避免每天写同样的事情呢？很简单：深入细节！享受其中的乐趣！

　　在你的日常记录中，写作时的经历和感受比你所写的内容本身更重要。想想你所感恩的事情通常发生得都很快。但你却需要几秒钟的时间才能感受到它。与此相关，著名的神经心理学家里克·汉森博士（Rick Hanson）曾指出，消极的经历会直接迁移到长期记忆中，而积极的经历则需要保持意识大约10秒钟，才能从短期记忆过渡到长期记忆。[①]因此，多停留几秒钟时间，你才能将短暂的精神状态转变为永久的神经结构。花上这几秒钟，等待情绪（喜悦、惊奇、喜悦……），然后再动笔。那将会有很大的不同！

想想吸引你的小说，好的作者通常不会笼统地描述事件，而是大篇文章地描述细节。他们不只是写"她看见他了"，而是写"当他们的眼睛相遇时，她起了一身的鸡皮疙瘩，虽然他们的嘴唇没有碰到，但感觉她好像在通过呼吸亲吻他"。当然，这个例子有点夸张，但重点是：情感隐藏在细节中，你描述得越详细，这些情感就越容易被感受到。

如果你想整体进步，那么你必须要看到细节。

——约翰·沃尔夫冈·冯·歌德
（1749—1832，德国）

如果你昨天写了"我很感激丹尼尔在我身边"，那么今天你可以写"我很感激丹尼尔总是很快认识新朋友并把我介绍给他们"或者"我很感激丹尼尔在我们拜访别人时总是对我微笑"。同样，这也适用于日记的其他部分，尤其是你今天经历的很棒的事情。那假如哪天过得不好，你该怎么做呢？——正确！解决办法也在于细节。把注意力放在当天非常非常小的、有闪光点的事情上。从你第二天起床的那一刻起，就让那天过去吧，重新审视它，以一种事情可能会更糟的态度看待它。然后你会想到诸如

我们不能为明天的成功过早地担心。

——西塞罗
（前106—前43，古罗马）

"我最喜欢的后街男孩的歌曲在电台播放"或者"取消了会议反而让我有了更多时间做准备之类的"，诸如"我去购物时牛油果正在打折"或者"午餐吃的鸡肉很美味"之类的东西。总之，小而美好的东西。不仅要具体，还要试着去感受你在写什么。日记

里的条目对你来说应该很有趣。你越深入自己的内心，结果对你影响就越大，越有可持续性。你练习得越多，这个过程就越容易，进展越快。

预防比善后更好

因为你也只是一个普通人，所以几天没写日记也是可能的。但如果这个情况没有发生：那就太棒了！如果确实发生了，最好也不要使用"要么全写，要么全不写"的方法，因为这种方法往往不会让你进步，反而会让你感到内疚。

例如，你可以只回答你喜欢的问题或减少每个问题的条目，而不是让自己感觉很差。允许自己少做一点儿，然后才能回到正常的6分钟例行程序当中去。

积极的自我肯定

用潜意识影响你的生活

早晨例行的这部分不像其他部分那样不言自明。因为95%的决定都来自你的潜意识，所以积极的信念和情绪对你的现实生活有着巨大的影响。（见第18页图表）[②]你的潜意识就像一只不知疲倦、日夜忙碌的动物，积极的自我肯定主要目的就是让这只工作狂为你所用。目的是突破一切可能的极限，从而重新编程你的潜意识。借助脑部扫描做的各种研究表明，这种方法如果使用得当，就是从内部逐渐改变自己的非常有效的工具。[③]在书写表述自我肯定时，你可以从以下两种不同的方法中选择最适合你的方法并坚持下去。

1. **锤子法：**选择积极自我肯定的并很想融入到你生活的事情，每天把它写下来。做得越多，你就越相信自己。可以说，你在积极自我肯定中的锤炼会直达你的潜意识并体验到它给你的生活带来的好处。

重复肯定能带来信念，
一旦这种信念变得深信不疑，
事情就开始发生了。

——克劳德·M. 布里斯托（1891—1951，美国）

从而，让它成为你生活的一部分，例如"我爱自己，所以从事一项真正让我满意并给我带来快乐的职业"或者"我相信自己的能力，每天进步一点点"。当然你也可以更具体地说"我一年能挣10万欧元""我每天都在减肥，直到我达到65公斤的理想体重"，或者"我现在有一段充满爱和激情的关系"。

金·凯瑞的锤子法

金·凯瑞甚至给自己写了一张价值一千万美元的支票："用于提供演艺服务。"此外，他每天都写下这样的话："我真的是一个好演员，每个人都想和我一起工作，我有很多很棒的电影邀约。"当时，凯瑞是失业状态，一生中还从未因表演而获得过一分钱。他一遍又一遍地看支票，并把它放在钱包里，直到几年后他真的通过一个角色赚到了这笔钱。这绝不是个例。 这种方法已被许多其他成功人士证明并且非常有效，例如穆罕默德·阿里、李小龙、阿诺德·施瓦辛格、威尔·史密斯、蒂姆·费里斯、托尼·罗宾斯、雪莉·桑德伯格或奥普拉·温弗瑞。

2. **蜂鸟法：** 在这里，你的自我肯定取决于你当天的感受或一天的计划。所以你每天都要重建它们。例如，如果你有个必须做的一个演讲，你可以写："我有能力，口才好，今天我要做一个有趣的演讲。"如果你目前正在做一个新项目，你可以写："我很高兴在工作中学习新事物，每天接受挑战。"

你的潜意识不是用语言说话，而是用情感说话。出于这个原因，你在写作时的感受才是衡量你自我肯定质量的标准。你也应该感受下你写的东西！写完后，闭上眼睛一段时间，问自己一些恰当的问题：

1. 你感觉更糟糕了吗？那么你可能做出了已经超出你能力的决定。
2. 你相信你写的吗？你感觉好些了吗？你有动力吗？如果有，那么你已经走上了正确的道路。你正处在成长潜力领域里。
3. 你感觉很有把握吗？那可能是你定的目标还不够大。

举个例子：索菲亚热爱设计和创造，今年35岁，在一家初创公司工作，该公司两年来一直在销售使用环保材料制作设计新颖的鞋子。设计部门由十名员工组成，年底将有人被提拔接管管理岗位。她的自我肯定可以是：

1. "今年我将接手管理层，因为我热爱我的工作，并且绝对相信自己的能力。"
2. "我有决心自己今年可以接管设计部门的管理工作，因为我是最合适的人选，这会让我更有激情去设计更漂亮的鞋子。"
3. "我很乐意为人们设计漂亮又环保的鞋子，把这个职位交给我吧。"

与你的现实情况相去甚远，因此很难相信这是一个可以实现的目标。

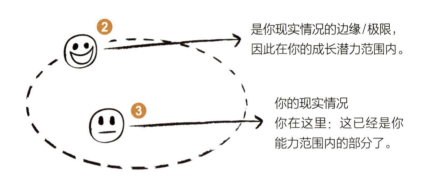

是你现实情况的边缘/极限，因此在你的成长潜力范围内。

你的现实情况
你在这里：这已经是你能力范围内的部分了。

　　重要的是，你的自我肯定也应该是非常肯定的、正面的。比方说，你写："我不会再吃薯条了。"你的大脑如何反应？它只会想到薯条，因为大脑不会识别否定句。或者另外一个典型的例子：不管你现在在做什么，别想一只粉红色的大象，鼻子还上挂着一把蓝色的伞！你脑海里刚才想象的大象长什么样子？就是粉红色，对吗？因此，消极的表达或否定表述在这里是不适用的，因为它们没有被你的潜意识记录下来。④所以重要的是，尽可能具体地进行自我肯定。像"我爱我自己"这样的概括性描述不如"我情绪稳定，有压力的情况下也能保持自己的状态"这样针对具体情况的表述更有用。建议以"我是""我能控制""我拥有"等积极的用词为开头进行自我肯定，因为这样潜意识才可以立即处理你设立的目标。

现在已经可以肯定

你留在了舞会上

　　早上三分钟和晚上三分钟的间隔大大降低了写作的心理门槛。尽管如此，日记本仍有可能沦落为橱柜装饰品。所以现在也需要花几分钟来避免这种情况发生。

　　是什么可能会妨碍你早晚写日记?

1.

2.

3.

　　写下克服这些障碍的具体措施:

1.

2.

3.

例如，视觉提醒可能就非常有效。也许你可以使用习惯跟踪器（见第 22 页），或者如果你已经开始使用日记本了，每天在日历上打对勾作标记。还可以选一个有用的应用程序来帮助你。如果你有苹果手机，建议使用 Habit List 或 Strides。安卓手机的话，Habit Bull 或 Loop Habit Tracker 是理想的选择。

现在理论很充分了：有了这些，可以开始你的写作旅程了。挥动手中笔，写下自己的幸福吧。

日记本

现在轮到你了，终于开始了！

在开始之前：评估一下你生活中的以下几个方面的情况。另外在刻度表的右侧画一个箭头，来表示情况是在改善还是在恶化。这个评估每月做一次。1分是最差，10分是最好。

比如：

感恩　1　2　3　4　5　6　⑦　8　9　10　→

每月检查

总分	1	2	3	4	5	6	7	8	9	10
感恩	1	2	3	4	5	6	7	8	9	10
专注	1	2	3	4	5	6	7	8	9	10
家人	1	2	3	4	5	6	7	8	9	10
朋友	1	2	3	4	5	6	7	8	9	10
伙伴关系	1	2	3	4	5	6	7	8	9	10
娱乐	1	2	3	4	5	6	7	8	9	10
和平与宁静	1	2	3	4	5	6	7	8	9	10
个人时间	1	2	3	4	5	6	7	8	9	10
健康饮食	1	2	3	4	5	6	7	8	9	10
水和饮料	1	2	3	4	5	6	7	8	9	10
运动	1	2	3	4	5	6	7	8	9	10
旅行	1	2	3	4	5	6	7	8	9	10
健康	1	2	3	4	5	6	7	8	9	10
创新	1	2	3	4	5	6	7	8	9	10
财务状况	1	2	3	4	5	6	7	8	9	10
工作培训	1	2	3	4	5	6	7	8	9	10
思想与情绪	1	2	3	4	5	6	7	8	9	10
现在	1	2	3	4	5	6	7	8	9	10
未来	1	2	3	4	5	6	7	8	9	10

在你的生活中，无论你想改变什么：从长远来看，通过微小但切合实际的改变，一步一步养成良好习惯，才是最好的途径，并且让这些改变始终成为你生活中不可分割的一部分。然后才可以让这些习惯强大的力量为你所用。你想养成什么积极的习惯呢？每两天锻炼一次身体，不再抽烟，每天阅读 20 分钟或每天击掌三次……无论你是想将新习惯带入生活还是跟踪现有习惯，习惯跟踪器都会帮到你。

我们就是在反复做事情。因此，卓越不是一种行动，而是一种习惯。

——亚里士多德
（前384年－前322，
古希腊）

PS：针对想要立即获得"改变习惯"黑带的积极性很高的人：在我们的网站urbestself.de上，你会发现两篇博文，其中有一些有依据且易于实施的技巧，一定可以帮助你养成好习惯，并彻底摆脱坏习惯。

习惯	周一	周二	周三	周四	周五	周六	周日	
21点起开启飞行模式	⊗	○	⊗	⊗	○	○	○	
10分钟冥想	⊗	⊗	⊗	⊗	⊗	⊗	○	☺

你的习惯跟踪器

习惯	周一	周二	周三	周四	周五	周六	周日
	○	○	○	○	○	○	○
	○	○	○	○	○	○	○
	○	○	○	○	○	○	○

我很感恩……

1.
2.
3.

什么让今天变得那么美好？

积极的自我肯定

本周挑战

在网站www.zukunftsmail.com给未来的自己写一封信，设定在6个月后自动收到这封信，正好也是完成这本日记的时间，确认一下在那个时间节点上，自己和自己的生活看起来怎么样。

今天我为别人做了什么好事？

明天我能把什么事情做得更好？

一些美好的事情，我今天经历的……

1.
2.
3.

我很感恩……

1.
2.
3.

什么让今天变得那么美好？

积极的自我肯定

一切伟大的行动和思想，
都有一个微不足道的开始。
——阿尔贝·加缪（1913—1960，法国）

今天我为别人做了什么好事？

明天我能把什么事情做得更好？

一些美好的事情，我今天经历的……

1.
2.
3.

我很感恩……

1. ....
2. ....
3. ....

什么让今天变得那么美好?

....

....

....

积极的自我肯定

....

....

> 生活就像一块大画板,
> 尽你所能把它画得五彩缤纷些。
>
> ——丹尼·凯(1913—1987,美国)

今天我为别人做了什么好事?

....

....

明天我能把什么事情做得更好?

....

....

一些美好的事情,我今天经历的……

1. ....
2. ....
3. ....

我很感恩……

1.
2.
3.

什么让今天变得那么美好？

积极的自我肯定

> 所有困难和障碍
> 都是我们进步的一个阶段而已。
> ——弗里德里希·尼采（1844—1900，德国）

今天我为别人做了什么好事？

明天我能把什么事情做得更好？

一些美好的事情，我今天经历的……

1.
2.
3.

20

我很感恩……

1. ....
2. ....
3. ....

什么让今天变得那么美好？

....

....

....

积极的自我肯定

....

总是说真话，可能会让人不太愉快，
但那是正确的。

——约翰·列侬（1940—1980，英国）

今天我为别人做了什么好事？

....

....

明天我能把什么事情做得更好？

....

....

一些美好的事情，我今天经历的……

1. ....
2. ....
3. ....

我很感恩……

1.
2.
3.

什么让今天变得那么美好？

积极的自我肯定

最纯粹的真理形式是摒弃一切旧事物，
同时希望有些事情会改变。
——阿尔伯特·爱因斯坦（1879—1955，美国）

今天我为别人做了什么好事？

明天我能把什么事情做得更好？

一些美好的事情，我今天经历的……

1.
2.
3.

我很感恩……

1.
2.
3.

什么让今天变得那么美好？

积极的自我肯定

人必须自己解放自己，
因为自由不能被给予。
——梅拉·奥本海姆（1913—1985，德国）

今天我为别人做了什么好事？

明天我能把什么事情做得更好？

一些美好的事情，我今天经历的……

1.
2.
3.

每周反思
本周进步

1. ....
2. ....
3. ....

在刻度表1~10上，评估下本周有多幸福，为什么？

1	2	3	4	5	6	7	8	9	10

....

....

本周我学到了些什么？

....

....

每周计划
为了过好本周的每一天

工作计划	个人（生活）计划

让我感到高兴的是：

1. ....
2. ....
3. ....

笔记 & 想法

_____
_____
_____
_____
_____
_____
_____
_____
_____
_____
_____
_____
_____
_____
_____
_____
_____
_____
_____
_____
_____
_____

你的习惯跟踪器

习惯	周一	周二	周三	周四	周五	周六	周日
	○	○	○	○	○	○	○
	○	○	○	○	○	○	○
	○	○	○	○	○	○	○

我很感恩……

1.
2.
3.

什么让今天变得那么美好？

积极的自我肯定

本周挑战

　　为什么你总是需要一个具体理由给你爱的人寄明信片呢？给一个人寄张明信片是件很简单的事情，内容也根本没有那么重要，重要的是收到明信片的人知道你在思念他。

今天我为别人做了什么好事？

明天我能把什么事情做得更好？

一些美好的事情，我今天经历的……

1.
2.
3.

我很感恩……

1.
2.
3.

什么让今天变得那么美好？

积极的自我肯定

一个人在他的灵魂上留下的印记
是不会褪色的。
——罗伯特·帕丁森（1986—，英国）

今天我为别人做了什么好事？

明天我能把什么事情做得更好？

一些美好的事情，我今天经历的……

1.
2.
3.

27

我很感恩……

1.
2.
3.

什么让今天变得那么美好?

积极的自我肯定

> 你不按照规则走路,
> 那么你就会从跌倒中学习。
>
> ——理查德·布兰森（1950—，英国）

今天我为别人做了什么好事?

明天我能把什么事情做得更好?

一些美好的事情,我今天经历的……

1.
2.
3.

小决心

大效果

找个固定地方放置你的日记本

要想坚持每天使用《神奇的6分钟日记》，最重要的决定之一是你将日记本和笔放在了哪里。这听起来可能很简单，但却是至关重要的。理想情况下，是选择一个早上起床后和晚上睡觉前都能看到日记本的地方。对一部分人来说，最好是（早上）醒来后，日记本放在床边容易找到的地方，比如床头柜。对另外一部分人来说，放在牙刷、手提包或者背包旁边更合适。除此以外，还建议将写日记这件事与固定的仪式结合起来，比如早晨喝咖啡或茶的时候。总之要找到适合自己的方式。重要的是，你现在就要找到放置日记本的地方，而不是等到明天或后天。你一定会被这个小小日记本带来的效果惊讶到的。

每个人都为他自己，
所有人都为他自己。

——《豪斯医生》

团队合作成就梦想

　　给自己找个盟友。本有杰瑞，蝙蝠侠有罗宾，伯特有厄尼，邦尼有她的克莱德。找一个和你追求相同或目标相似的人，一个和你一样，认为《神奇的6分钟日记》对他来说也有价值的人。一个有着相同目标的团队会是一个很大的助力和共勉。互相交流经验，互相监督负责，互相帮助和激励。

　　即使只是一个人，朋友或家人也可以帮你。你只需要告诉周围的几个人每天使用《神奇的6分钟日记》的计划。这个对自己负责任，而建立的温和而积极的压力，显然非常有帮助并且成为你坚持下去的动力。⑤毕竟，你想向其他人证明，你能做到你承诺过的事。除此此外，你还可以激励其他人推进自己的目标。

最好的书是每一位读者都认为他可以自己创作的书。
——布莱士·帕斯卡
（1623-1662，法国）

释放自己内心
创建自己的类别

　　即便你起初做了最好的打算，但是情绪总是会干扰你的决定，所以从长远来看，写作障碍是不可避免的。要么你需要多花一些时间来感受你正在写的东西。（这个时候你可能会想："我不可能把所有时间都花在这个事情上，有的时候我必须去工作。"）要么你可以尝试一下不太耗时的方式：与其只是仅仅写下你自发地感恩的事情，还不如将感恩之情集中在生活的某些方面。创建适合自己的类别，例如：

1. 个人关系：家庭、朋友、伙伴、父母、同事、客户、猫、狗……
2. 事件：昨天（上周、上个月……）发生的很棒的事情，今天（明天、下周、下个月……）可能会出现在你面前的机会。
3. 自然：鸟鸣、美丽的云层、盛开的花朵、刚割过的草香、金红色的日落……
4. 生活中简单的事情：一个温柔的触摸、一个婴儿的微笑、新的（音乐）播放列表、最喜欢的毛衣柔软的触感……
5. 你的健康状况：运动、消化、饮食、呼吸、精神、睡眠……

花一天的时间关注你的家人，或者花一周的时间关注你的朋友们。当然，你也可以专注于生活中曾经帮助过你的一段关系。总之，发挥自己的创造力，在一周内创建自己的《6分钟健身日记》或《6分钟人际关系日记》。

6分钟原则

6比6，你对这6分钟到底发生了什么感兴趣吗？在我们的网站 urbestself.de 上，你可以找到一篇博客文章，其中包括6分钟原则是实现长期积极改变的最有趣、最有效的方法之一的八个原因。

我很感恩……

1. ....
2. ....
3. ....

什么让今天变得那么美好？

....

....

....

积极的自我肯定

....

我或许还没到达那里，
但是相对昨天，我已经更接近了。

——约瑟·N.哈里斯（1962—，美国）

今天我为别人做了什么好事？

....

....

明天我能把什么事情做得更好？

....

....

一些美好的事情，我今天经历的……

1. ....
2. ....
3. ....

我很感恩……

1.
2.
3.

什么让今天变得那么美好？

积极的自我肯定

> 看在上帝的分上，练习小事，
> 然后才能成就大事。
> ——爱比克泰德（古罗马哲学家）

今天我为别人做了什么好事？

明天我能把什么事情做得更好？

一些美好的事情，我今天经历的……

1.
2.
3.

33

我很感恩……

1.
2.
3.

什么让今天变得那么美好？

积极的自我肯定

生活就像一盒巧克力，
结果往往出人意料。
——《阿甘正传》

今天我为别人做了什么好事？

明天我能把什么事情做得更好？

一些美好的事情，我今天经历的……

1.
2.
3.

我很感恩……

1.
2.
3.

什么让今天变得那么美好？

积极的自我肯定

是什么给了我们最美好的安宁，
而不是随心所欲的自由。

——约翰·沃尔夫冈·冯·歌德（1749—1832，德国）

今天我为别人做了什么好事？

明天我能把什么事情做得更好？

一些美好的事情，我今天经历的……

1.
2.
3.

每周反思
本周进步

1.
2.
3.

在刻度表1~10上，评估下本周有多幸福，为什么？

| 1 | 2 | 3 | 4 | 5 | 6 | 7 | 8 | 9 | 10 |

本周我学到了些什么？

每周计划
为了过好本周的每一天

工作计划   个人（生活）计划

让我感到高兴的是：

1.
2.
3.

笔记 & 想法

你的习惯跟踪器

习惯

	周一	周二	周三	周四	周五	周六	周日
	○	○	○	○	○	○	○
	○	○	○	○	○	○	○
	○	○	○	○	○	○	○

我很感恩……

1.
2.
3.

什么让今天变得那么美好？

积极的自我肯定

本周挑战

研究表明：你能"自我重启"的频率越高，你的工作效率和创造性也就越高。①
本周，你将创建你的个人放松清单，待办事项清单和快节奏生活的反建议：放松、放慢、冷静、自省、深入思考、想象。积极计划对你有好处的事情。

今天我为别人做了什么好事？

明天我能把什么事情做得更好？

一些美好的事情，我今天经历的……

1.
2.
3.

我很感恩⋯⋯

1. ⋯⋯⋯⋯⋯⋯⋯⋯⋯⋯⋯⋯⋯⋯⋯⋯⋯⋯⋯⋯⋯⋯⋯⋯⋯⋯⋯⋯⋯⋯⋯
2. ⋯⋯⋯⋯⋯⋯⋯⋯⋯⋯⋯⋯⋯⋯⋯⋯⋯⋯⋯⋯⋯⋯⋯⋯⋯⋯⋯⋯⋯⋯⋯
3. ⋯⋯⋯⋯⋯⋯⋯⋯⋯⋯⋯⋯⋯⋯⋯⋯⋯⋯⋯⋯⋯⋯⋯⋯⋯⋯⋯⋯⋯⋯⋯

什么让今天变得那么美好？

积极的自我肯定

休息的艺术属于工作的艺术的一部分。

——约翰·斯坦贝克（1902—1968，美国）

今天我为别人做了什么好事？

明天我能把什么事情做得更好？

一些美好的事情，我今天经历的⋯⋯

1. ⋯⋯⋯⋯⋯⋯⋯⋯⋯⋯⋯⋯⋯⋯⋯⋯⋯⋯⋯⋯⋯⋯⋯⋯⋯⋯⋯⋯⋯⋯⋯
2. ⋯⋯⋯⋯⋯⋯⋯⋯⋯⋯⋯⋯⋯⋯⋯⋯⋯⋯⋯⋯⋯⋯⋯⋯⋯⋯⋯⋯⋯⋯⋯
3. ⋯⋯⋯⋯⋯⋯⋯⋯⋯⋯⋯⋯⋯⋯⋯⋯⋯⋯⋯⋯⋯⋯⋯⋯⋯⋯⋯⋯⋯⋯⋯

周一　周二　周三　周四　周五　周六　周日

我很感恩……

1.
2.
3.

什么让今天变得那么美好？

积极的自我肯定

如果你看到 10 个问题向你袭来，那么可以确定的是，
其中 9 个问题会在它们到达你面前之前就已经被解决了。

——卡尔文·库利奇（1872—1933，美国）

今天我为别人做了什么好事？

明天我能把什么事情做得更好？

一些美好的事情，我今天经历的……

1.
2.
3.

40

我很感恩……

1. ....
2. ....
3. ....

什么让今天变得那么美好？

....

....

....

....

积极的自我肯定

....

....

> 智力是适应变化的能力。
> ——史蒂芬·霍金（1942—2018，英国）

今天我为别人做了什么好事？

....

....

明天我能把什么事情做得更好？

....

....

一些美好的事情，我今天经历的……

1. ....
2. ....
3. ....

我很感恩……

1.
2.
3.

什么让今天变得那么美好？

积极的自我肯定

愤怒使别人遭殃，但受害最大的却是自己。

——列夫·托尔斯泰（1828—1910，俄国）

今天我为别人做了什么好事？

明天我能把什么事情做得更好？

一些美好的事情，我今天经历的……

1.
2.
3.

42

我很感恩……

1.
2.
3.

什么让今天变得那么美好？

积极的自我肯定

> 有些东西人们通常要经过千百遍的视而不见之后，
> 才能首次看得真真切切。
> ——克里斯蒂安·莫尔根施坦恩（1871—1914，德国）

今天我为别人做了什么好事？

明天我能把什么事情做得更好？

一些美好的事情，我今天经历的……

1.
2.
3.

43

我很感恩……

1.
2.
3.

什么让今天变得那么美好？

积极的自我肯定

有些人能感受到雨；
而其他人则只是被淋湿。
——鲍勃·马利（1945—1981，牙买加）

今天我为别人做了什么好事？

明天我能把什么事情做得更好？

一些美好的事情，我今天经历的……

1.
2.
3.

每周反思
本周进步

1. ....
2. ....
3. ....

在刻度表1~10上，评估下本周有多幸福，为什么？

1	2	3	4	5	6	7	8	9	10

....

....

....

本周我学到了些什么？

....

....

每周计划
为了过好本周的每一天

工作计划	个人（生活）计划

让我感到高兴的是：

1. ....
2. ....
3. ....

结构

为你的日记本找个固定的地方

踢足球时，有固定的规则。然而在规则中，每个球员都有各自的踢法。这同样适用于《神奇的6分钟日记（纯享版）》的情景：为了确保日记本的多样性，你也可以设置自己的规则。比如，你可以在一周内，每天写下让你感恩的三件事情——这些事情在本周剩余时间里，不允许被使用第二次。这样充当你生活的过滤器（提升大脑网状激活系统）[⑦]，寻找大脑搜索半径内的所有积极正向的对象并加以强化。这种方式有助于调节你的感知，让你总是能够一次又一次地在新环境下过滤并找到积极元素，为自己创造新的机会和可能性。

早上写下让你感恩的三件事，注意不是让你匆匆写下一份感谢清单。如果你有了这样的态度，整个事情很快就会变得重复，感恩之心只会停留在头脑中，而不是心里。应该是去感受你写的东西，详细具体的条目是达到情感连接的绝佳方法，只是需

只有走自己的路的人才不会被任何人超越。

——马龙·白兰度（1924—2004，美国）

要占用你几天的时间和空间而已。在这样的日子里，你也可以干脆把数字1~3划掉，把空间留给让你特别感恩的一件事情。最主要的是，去感受，并与你写的东西建立情感上的连接。这样，随着时间的推移，你会找到适合自己的节奏，这完全靠直觉，自然又直观。当然，这同样也适用于日记中其他的部分。比如，如果你在每月检查中无法从其中一个类别着手开始，那么只需要跳过它，或将其替换成对于你来说可能缺少的另一个类别即可。这句话我们永远不嫌啰唆。总之：不要害怕在日记本上留下自己的痕迹。

做好事

以及为什么为自己做好事

　　喜欢帮助别人，并且倾向做一个亲近社会的人会比那些不喜欢做这些事情的人更快乐。为他人做点儿好事真的能让我们快乐吗？ 为此，美国研究人员做了一项实验。参与者每人会拿到 100 美元，他们可以自由地决定是把钱捐赠给自己选择的慈善机构还是花在自己身上。实验过程中，脑部扫描仪监测到了参与者的大脑活动数据。与那些把钱花在自己身上的人相比，捐赠组参与者的负责欢乐和愉悦的大脑区域更活跃一些。同一个大脑区域，比如在性高潮或吃了一块美味巧克力时，也会导致多巴胺的释放。然而，塞利格曼博士的研究表明，给予时的幸福感与美食或性带来的幸福感是大相径庭的：前者的积极影响可以持续一整天或更长时间，而后者则会很快地消失。

　　当然，你不能每天都去捐钱。所以，关注当天的小事也很重要：对同事的帮助，对朋友的关心，替室友洗盘子或者帮妈妈做一些事情。问候你的祖父母，他们过得怎么样。和一个看起来孤独的人说说话。告诉你的伴侣你爱他，向朋友、家人和同事表示感谢。赞美为你准备美味午饭的厨师，为他人开门，倾听大家的想法和意见，对邻居说早上好，或者给超市收银员一个灿烂的笑容。

笔记 & 想法

你的习惯跟踪器

习惯   周一 周二 周三 周四 周五 周六 周日

○ ○ ○ ○ ○ ○ ○

○ ○ ○ ○ ○ ○ ○

○ ○ ○ ○ ○ ○ ○

我很感恩……

1.
2.
3.

什么让今天变得那么美好？

积极的自我肯定

本周挑战

计划失败往往是由于低估了我们完成一项任务所需要的时间导致的。®我们总是对自己的精力预估过于乐观，给自己的时间太少，要做的事情又太多。记住这个人为错误，并相应地调整你的计划。实际情况应该是：更少的压力，更现实的工作量和更多的时间。

今天我为别人做了什么好事？

明天我能把什么事情做得更好？

一些美好的事情，我今天经历的……

1.
2.
3.

50

我很感恩……

1.
2.
3.

什么让今天变得那么美好?

积极的自我肯定

大多数人都会高估自己在一年内所能做的事情,
却低估自己十年内所能做的事情。

——比尔·盖茨(1955—,美国)

今天我为别人做了什么好事?

明天我能把什么事情做得更好?

一些美好的事情,我今天经历的……

1.
2.
3.

51

我很感恩……

1.
2.
3.

什么让今天变得那么美好?

积极的自我肯定

我们最可怕的敌人只能是对自己缺乏的信心。
——安格拉·默克尔（1954—，德国）

今天我为别人做了什么好事?

明天我能把什么事情做得更好?

一些美好的事情，我今天经历的……

1.
2.
3.

52

我很感恩……

1.

2.

3.

什么让今天变得那么美好?

积极的自我肯定

我哭了，因为我没有鞋子，
直到我遇到一个没有脚的人。
——贾科莫·格拉夫·利奥帕尔迪（1798—1837，意大利）

今天我为别人做了什么好事?

明天我能把什么事情做得更好?

一些美好的事情，我今天经历的……

1.

2.

3.

我很感恩……

1.
2.
3.

什么让今天变得那么美好？

积极的自我肯定

> 这不是用头穿过墙的问题，
> 而是用眼睛找门的问题。
>
> ——沃纳·冯·西门子（1816—1892，德国）

今天我为别人做了什么好事？

明天我能把什么事情做得更好？

一些美好的事情，我今天经历的……

1.
2.
3.

我很感恩……

1.
2.
3.

什么让今天变得那么美好？

积极的自我肯定

幸福不是活在别人眼里，
而是在自己心里。
——塞内卡（前4—65，古罗马）

今天我为别人做了什么好事？

明天我能把什么事情做得更好？

一些美好的事情，我今天经历的……

1.
2.
3.

我很感恩……

1.
2.
3.

什么让今天变得那么美好？

积极的自我肯定

> 无论如何，
> 做一个棱角分明的人总比一个圆滑世故的人好。
> ——克里斯蒂安·弗里德里希·赫贝尔（1813—1863，德国）

今天我为别人做了什么好事？

明天我能把什么事情做得更好？

一些美好的事情，我今天经历的……

1.
2.
3.

每月检查

总分	1	2	3	4	5	6	7	8	9	10
感恩	1	2	3	4	5	6	7	8	9	10
专注	1	2	3	4	5	6	7	8	9	10
家人	1	2	3	4	5	6	7	8	9	10
朋友	1	2	3	4	5	6	7	8	9	10
伙伴关系	1	2	3	4	5	6	7	8	9	10
娱乐	1	2	3	4	5	6	7	8	9	10
和平与宁静	1	2	3	4	5	6	7	8	9	10
个人时间	1	2	3	4	5	6	7	8	9	10
健康饮食	1	2	3	4	5	6	7	8	9	10
水和饮料	1	2	3	4	5	6	7	8	9	10
运动	1	2	3	4	5	6	7	8	9	10
旅行	1	2	3	4	5	6	7	8	9	10
健康	1	2	3	4	5	6	7	8	9	10
创新	1	2	3	4	5	6	7	8	9	10
财务状况	1	2	3	4	5	6	7	8	9	10
工作培训	1	2	3	4	5	6	7	8	9	10
思想与情绪	1	2	3	4	5	6	7	8	9	10
现在	1	2	3	4	5	6	7	8	9	10
未来	1	2	3	4	5	6	7	8	9	10

本月笔记

不仅仅是一本日记

每周和每月的例行还能给你带来什么

每周挑战
走出舒适区

每周《神奇的6分钟日记（纯享版）》都会为你带来全新的、独一无二的挑战，为自己或他人做些好事。从短期来看，迎接这个挑战可能会有些困难，但从长期来看，这会大大提升你的幸福感。你的生存本能往往会很自然而然地节省努力和精力的付出，所以，它总是对新事物和未知事物高度怀疑。通常它会拒绝新事物，因为它不自觉地就会将新事物与危险联系在一起。这就是为什么你宁愿依恋在舒适区的原因。你想待在对你来说一切都熟悉的地方，在那里你可以尽量减少压力和风险。在不害怕的空间里，一切都或多或少是可预测的。你想有一个运动的身体，但你不想去健身房，也不想拒绝不健康食品的不断诱惑。你宁愿幻想着和你梦想伴侣一起走到婚礼殿堂，也不敢迈出约会的第一步。

如果你已经买了这本日记本，你很可能比一般人更乐于接受新事物。接受挑战，让自己面对新事物，从中学习到新东西，保持思维灵活性，寻求自我发展。《神奇的6分钟日记（纯享版）》中的挑战就是这样设计的，你需要经常跳出自己的舒适区。

根据物理定律不可能的事情，在精神层面上是完全可能的。

不管是为了事业成功、人际关系，还是精神追求或者健康体魄，你的目标和你的舒适区是不在同一条街上的，甚至邮政编码都不相同。因此，让自己的生活保持舒适，是很好，但对你的个人成长是不好的，就像生活中任何真正的进步都是发生在你的舒适区之外一样的道理。如果你真的能够跳出你的精神舒适区，没有人会比你自己更能从中受益。

习惯跟踪器
从好的决心变成扎实的习惯

当坏习惯不再是你生活的一部分时，你的坏习惯会怎样？它们就这么消失了吗？不幸的是，没有，因为每一个习惯，不管是旧的还是新的，都会在你的大脑中留下一个坚实的神经结构，一种"神经磁带"。这个磁带被存档在大脑中负责养成习惯的区域，即所谓的基底神经节。由于神经盒的磁带无法再擦除，所以如果你不想再听上面的音乐，建议插入一盒新的磁带。在没有磁带类比法的情况下：由于旧习惯已经牢牢植根于大脑，摆脱它们的最好方法就是用新的积极的习惯覆盖它们。一旦你失去了对保持积极习惯的关注，旧的、不需要的习惯就会被重新激活。因此，为了确保你不会再回到旧的行为模式，习惯跟踪器（见第73页）可以帮助你保持现有的习惯或建立新的习惯。

> 成功的人问较好的问题，结果他们也得到较好的答案。
>
> ——托尼·罗宾斯
> （1960—，美国）

每月检查 - 你的个人快照

你生活的各个方面目前情况是什么样的？它们正在朝哪个方向发展？在这里，你可以看到全局，并巧妙地比较你生活中各个方面的变化。刚开始的时候你需要做一份情况记录，然后在接下来的几个月里去观察，生活的各个方面是如何发展的。只需要大概浏览。如果其中一个类别无法开始，你只需跳过它或将其替换成可能缺少的另一个类别即可。不要害怕在日记本上留下自己的痕迹。

每月6问 - 关于你的真相

每个人都想得到答案。而且最好是快速、清晰和明确的。一般情况下，我们倾向于高估"正确"答案的重要性。这不足为奇，因为我们的学校和工作系统尤其要求我们这样想：从考试到考试，从任务到任务，从项目到项目，我们都被教导要求专注最终结果。提出好的问题在学校既不会被指导也不会得到奖励，但当你能记住学过的答案时却能赢得认可。由教师提出问题，并对给出"正确"答案的学生给予好的分数。公司领导们想要解决方案，并愿意为取得不错成果支付高额薪酬。然而，生活不仅仅是为了最终目标，还有通往目标的道路——包括所有其中的分支线、死胡同和岔路口。

我们的社会如此重视答案和结果这一事实不仅反映在职业和教育生活中。它也延续到我们的个人生活。我们经常问自己不太重要的问题，比如，"别人怎么看我？"或"我怎样才能比别人更好？"。与此同时，我们却很少处理这类基本问题，比如："生活中我的优点强项是什么，为什么？"或"我此刻的感受如何，为什么？"甚至当我们处理基本问题时，我们也倾向于给出草率的答案。我们过于关注接下来的快速解决方案、相关奖励以及由此产生的短暂满足感。

答案常常让我们相信没有再进一步的必要了，因为我们已经知道了一切。它们具有高度的预制性，但也很容易快速地将别人的观点和标准化的解决方案强加于我们。相反，好的问题会激励我们自己找出答案，从而成为个性化和创造性解决办法的沃土。它们让我们跳出固化思维，发现新事物。当我们提出问题或弄清问题真相时，我们所经历的过程才是真正理解问题并获得可持续成长的基础。作为世界上最成功的投资基金的董事总经理，雷·达里奥（Ray Dalio）在四十多年的时间里积累了与数千名员工打交道的经验，他说："聪明的人会提出最好的问题，不像那些认为自己已经准备好了所有答案的人。好的问题比好的答案更能说明未来的成功。"[9]因此，如果你想学习、成长和进步，绝对有必要培养对问题的有意识欣赏。通过每月 6 个问题，你可以积极主动并准确地朝着这个方向前进。无论是深刻的、有趣的、激励的、鼓舞人心的还是所有这些的混合——每个月的问题都不同，并且总是会给你带来新的思考。

> 当一个人准备好成为他自己的时候，就是幸福的高潮。
>
> ——伊拉斯谟·冯·鹿特丹
> （1466—1536，荷兰）

我们都知道什么能让我们的生活变得完美以及生活应该是什么样子。基于这一理想，我们常常追求那些对我们要求太高却与我们实际需要几乎无关的目标。那么我们如何才能找到适合我们的目标呢？首先，请把你的脚从自我优化踏板上移开并挂入自我接受挡的第一挡。目标很重要，但同等重要的是能够诚实地说："我对现在的自己已经很满意了。"自我接纳是设定真正适合你的目标的起点。如果你跳过这一点，那将永远是："只有当我做到了这一点或者那一点，才行。"有了这种思维模式，你就几乎很少允许自己喜欢自己现在的样子。你正面临着一种危险，那就是在与你自己作斗争，与每一个新目标进行斗争，而且从长远来看，你是无法获胜的。

只有当你接受了自己——接受你所有的需求、情绪、优点和缺点、边边角角时，才能设定让自己真正成长的目标。与此有关，雷·达里奥曾说过："最幸福的人是那些发现自己的本性，然后适应它的人。"[10]因此，每月 6 个问题中大部分的提问，目的都是通过自我反省来探索你自己，以便找到真正适合你并可以实现的目标。在这个过程中，很多问题都会挑战你深入内心。其间遇到阻力是很正常的。

所以，如果有个问题让你感到不舒服，这可能表明处理它对你来说更有价值。如果遇到有疑问的，忽略它或者更好的办法是做个标记，在几周后再给它第二次机会。如果你让自己参与到这些问题中，你会更好地了解自己，处理自己的问题会更加轻松和冷静。你会从潜意识的背后挖掘出被压抑被遗忘的东西，发现关于自己的令人惊讶和令人兴奋的那一面。你还可以从不同的角度看待自己的性格，从全新的角度去思考问题。

一个关于你未来的有趣的事实

你认为你的性格和所有的特征、价值观和偏好在过去十年里发生了多大变化？［0分=你和以前一样；10分=你是一个（和过去）不一样的人］写下这个数字，紧接着针对你期望自己在未来十年的变化，回答相同的问题。在你回答问题之前先不要继续往下看。第一个数字明显高于第二个，对吗？虽然我们可以清楚地看到过去的巨大变化，但我们依然认为我们的性格在未来只会发生微小的变化。这种现象被称为"故事结尾幻象"，这是哈佛大学心理学家丹·吉尔伯特（Dan Gilbert）在一项针对19000名不同年龄段参与者的研究中发现的一个人为错误。[11]

事实上，很有可能你的性格在未来十年和过去十年发生的变化一样大。那为什么现在你的性格发展失去了动力呢？同理，每月6个问题中的大多数问题——尤其是深层次的问题——都没有一个真正的答案。你今天的一些答案可能与你几个月或几年后给出的完全不同。出于这个原因，你的答案在这里并不是最重要的，你在寻找答案时所经历的宝贵时刻——当你倾听自己内心的声音时，才是最重要的。

每月6问

有哪些或大或小的项目，已经在你心里惦念了很长时间，

并且值得倾注更多的精力和时间？

今天你怎么能够迈出第一步呢？

....
....
....
....
....
....

"当你放手一些东西时，你会快乐一些。放手更多时，你也会更
快乐。完全放手时，你就（加：彻底）自由了。"

（阿姜查）你现在是否执着于早就该放下的东西呢？

....
....
....
....
....
....

你小时候最喜欢玩的是什么？

你心中住着的那个孩子最渴望得到的是什么？

....
....
....
....
....
....

每月6问

描述一次对你来说意义非凡的相遇。
它是怎么发生的，为什么对你如此重要？

真正让你引以为豪的是什么？
究竟是什么让你为此感到自豪？

如果从今天开始你有半年的带薪假期，
你会做什么？

每周反思
本周进步

1.
2.
3.

在刻度表1~10上，评估下本周有多幸福，为什么？

1	2	3	4	5	6	7	8	9	10

本周我学到了些什么？

每周计划
为了过好本周的每一天

工作计划　　　　　　　　　　　个人（生活）计划

让我感到高兴的是：

1.
2.
3.

笔记 & 想法

你的习惯跟踪器

习惯

○ ○ ○ ○ ○ ○ ○

○ ○ ○ ○ ○ ○ ○

○ ○ ○ ○ ○ ○ ○

67

获得快乐最重要的诀窍是

认识到你个人的快乐

是你所要做的选择和你所掌握的技能。

你决定要快乐，

然后你为之而努力。

——纳瓦尔·拉维坎特（1974—，美国）

我很感恩……

1.
2.
3.

什么让今天变得那么美好?

积极的自我肯定

本周挑战

　　废话连篇和比来比去已经属于昨天,清晰和专注才是今天的主题。创建一个"勿做清单",将干扰源、浪费时间和萌芽状态的分心因素扼杀掉。专注于真正让你充实的事情,并主动为它创造时间。

今天我为别人做了什么好事?

明天我能把什么事情做得更好?

一些美好的事情,我今天经历的……

1.
2.
3.

我很感恩……

1.

2.

3.

什么让今天变得那么美好?

积极的自我肯定

聪明地工作，而不是努力地工作。
——《豪斯医生》

今天我为别人做了什么好事?

明天我能把什么事情做得更好?

一些美好的事情，我今天经历的……

1.

2.

3.

我很感恩……

1.
2.
3.

什么让今天变得那么美好?

积极的自我肯定

见善如不及,
见不善如探汤。
——《论语》

今天我为别人做了什么好事?

明天我能把什么事情做得更好?

一些美好的事情,我今天经历的……

1.
2.
3.

我很感恩……

1.
2.
3.

什么让今天变得那么美好？

积极的自我肯定

我的一生中有很多烦恼，
但大部分担忧的事情却从未发生过。

——马克·吐温（1835—1910，美国）

今天我为别人做了什么好事？

明天我能把什么事情做得更好？

一些美好的事情，我今天经历的……

1.
2.
3.

我很感恩……

1.
2.
3.

什么让今天变得那么美好？

积极的自我肯定

在物质拥有上寻找自己的幸福，
是个肯定不会幸福的方式。
——教皇方济各（1936—，阿根廷）

今天我为别人做了什么好事？

明天我能把什么事情做得更好？

一些美好的事情，我今天经历的……

1.
2.
3.

73

我很感恩……

1.
2.
3.

什么让今天变得那么美好？

积极的自我肯定

> 我希望当我离开这个世界的时候，
> 它能比我来时稍微变好了一些。
> ——吉姆·汉森（1936—1990，美国）

今天我为别人做了什么好事？

明天我能把什么事情做得更好？

一些美好的事情，我今天经历的……

1.
2.
3.

我很感恩……

1.
2.
3.

什么让今天变得那么美好？

积极的自我肯定

我从来没有失败过，
我只是有10000想法没有奏效而已。
——本杰明·富兰克林（1706—1790，美国）

今天我为别人做了什么好事？

明天我能把什么事情做得更好？

一些美好的事情，我今天经历的……

1.
2.
3.

每周反思
本周进步

1. ....
2. ....
3. ....

在刻度表1~10上，评估下本周有多幸福，为什么？

1	2	3	4	5	6	7	8	9	10

....

....

....

本周我学到了些什么？

....

....

....

每周计划
为了过好本周的每一天

工作计划	个人（生活）计划

让我感到高兴的是：

1. ....
2. ....
3. ....

笔记 & 想法

你的习惯跟踪器

习惯

	周一	周二	周三	周四	周五	周六	周日
	○	○	○	○	○	○	○
	○	○	○	○	○	○	○
	○	○	○	○	○	○	○

我很感恩……

1.
2.
3.

什么让今天变得那么美好？

积极的自我肯定

本周挑战

　　你要学的许多经验教训，在你之前已经被别人学会了。这就是为什么更有经验的人往往可以在几分钟内就能教会你，否则你需要花费几个星期或几个月才能学会。你允许自己主动接近这些人吗？这个星期已经开始了！寻求与这样的人接触的机会，并学习他们的经验和教训吧。

今天我为别人做了什么好事？

明天我能把什么事情做得更好？

一些美好的事情，我今天经历的……

1.
2.
3.

我很感恩……

1.
2.
3.

什么让今天变得那么美好？

积极的自我肯定

大多数人愿意学习，
但很少有人愿意被教。

——温斯顿·丘吉尔（1874—1965，英国）

今天我为别人做了什么好事？

明天我能把什么事情做得更好？

一些美好的事情，我今天经历的……

1.
2.
3.

我很感恩……

1.
2.
3.

什么让今天变得那么美好?

积极的自我肯定

路都是人走出来的。

——弗兰兹·卡夫卡（1883—1924，捷克）

今天我为别人做了什么好事?

明天我能把什么事情做得更好?

一些美好的事情，我今天经历的……

1.
2.
3.

我很感恩……

1.
2.
3.

什么让今天变得那么美好?

积极的自我肯定

> 踏上一条路和认识这条路,
> 还是不同的。
> ——《黑客帝国》

今天我为别人做了什么好事?

明天我能把什么事情做得更好?

一些美好的事情,我今天经历的……

1.
2.
3.

我很感恩……

1.
2.
3.

什么让今天变得那么美好？

积极的自我肯定

> 生活中最大的幸福就是确信我们是被爱的，完全因为我们的本色
> 而被爱，或者尽管我们是这样的人，依旧被爱。
>
> ——维克多·雨果（1802—1885，法国）

今天我为别人做了什么好事？

明天我能把什么事情做得更好？

一些美好的事情，我今天经历的……

1.
2.
3.

周一　周二　周三　周四　周五　周六　周日　..............................

我很感恩……

1.
2.
3.

什么让今天变得那么美好？

积极的自我肯定

> 礼物的价值与选择它时的爱一样重要。
> ——泰德·莫尼耶（1887—1967，法国）

今天我为别人做了什么好事？

明天我能把什么事情做得更好？

一些美好的事情，我今天经历的……

1.
2.
3.

我很感恩……

1.
2.
3.

什么让今天变得那么美好?

积极的自我肯定

如果你感到似乎事事不顺时,
请记住飞机是逆风起飞的,而不是顺风。
——亨利·福特（1863—1947,美国）

今天我为别人做了什么好事?

明天我能把什么事情做得更好?

一些美好的事情,我今天经历的……

1.
2.
3.

每周反思
本周进步

1.
2.
3.

在刻度表1~10上，评估下本周有多幸福，为什么？

1	2	3	4	5	6	7	8	9	10

本周我学到了些什么？

每周计划
为了过好本周的每一天

工作计划	个人（生活）计划

让我感到高兴的是：

1.
2.
3.

笔记 & 想法

你的习惯跟踪器

习惯	周一	周二	周三	周四	周五	周六	周日
	○	○	○	○	○	○	○
	○	○	○	○	○	○	○
	○	○	○	○	○	○	○

我很感恩……

1.
2.
3.

什么让今天变得那么美好?

积极的自我肯定

本周挑战

每个人都有想要追求的东西。鼓励那个似乎无力追求目标的人，让他知道你相信他的能力并帮助他获得缺乏的动力。

今天我为别人做了什么好事?

明天我能把什么事情做得更好?

一些美好的事情，我今天经历的……

1.
2.
3.

我很感恩……

1.
2.
3.

什么让今天变得那么美好？

积极的自我肯定

告诉一个人他很勇敢，
就是帮助他变得勇敢。
——托马斯·卡莱尔（1795—1881，英国）

今天我为别人做了什么好事？

明天我能把什么事情做得更好？

一些美好的事情，我今天经历的……

1.
2.
3.

我很感恩……

1.
2.
3.

什么让今天变得那么美好？

积极的自我肯定

船舶在港口时更安全，
但这不是船舶的建造目的。

——保罗·科埃略（1947—，巴西）

今天我为别人做了什么好事？

明天我能把什么事情做得更好？

一些美好的事情，我今天经历的……

1.
2.
3.

89

我很感恩……

1.
2.
3.

什么让今天变得那么美好？

积极的自我肯定

不是美丽决定我们爱谁，
爱决定我们认为谁美丽。
——索菲亚·罗兰（1934—，意大利）

今天我为别人做了什么好事？

明天我能把什么事情做得更好？

一些美好的事情，我今天经历的……

1.
2.
3.

周一　周二　周三　周四　周五　周六　周日

我很感恩……

1.
2.
3.

什么让今天变得那么美好？

积极的自我肯定

严格来说，很少有人活在当下，
大多数人只是在准备生活在不久的将来。
——乔纳森·斯威夫特（1667—1745，英国）

今天我为别人做了什么好事？

明天我能把什么事情做得更好？

一些美好的事情，我今天经历的……

1.
2.
3.

我很感恩……

1.
2.
3.

什么让今天变得那么美好?

积极的自我肯定

> 共同的记忆有时是最好的和平缔造者。
> ——马塞尔·普鲁斯特（1871—1922，法国）

今天我为别人做了什么好事?

明天我能把什么事情做得更好?

一些美好的事情，我今天经历的……

1.
2.
3.

我很感恩……

1. _____

2. _____

3. _____

什么让今天变得那么美好？

_____

_____

_____

积极的自我肯定

_____

_____

> 不要去那些有路的地方，
> 要去还没有路的地方，留下你的足迹。
> ——让·保尔（1763—1825，德国）

今天我为别人做了什么好事？

_____

_____

明天我能把什么事情做得更好？

_____

_____

一些美好的事情，我今天经历的……

1. _____

2. _____

3. _____

每周反思
本周进步

1.
2.
3.

在刻度表1~10上，评估下本周有多幸福，为什么？

1	2	3	4	5	6	7	8	9	10

本周我学到了些什么？

每周计划
为了过好本周的每一天

工作计划	个人（生活）计划

让我感到高兴的是：

1.
2.
3.

笔记 & 想法

你的习惯跟踪器

习惯   周一 周二 周三 周四 周五 周六 周日

○ ○ ○ ○ ○ ○ ○

○ ○ ○ ○ ○ ○ ○

○ ○ ○ ○ ○ ○ ○

人们会忘记你所说的，

人们会忘记你所做的，

但人们永远不会忘记

他们当时在你面前的感受。

———玛雅·安杰卢（1928—2014，美国）

我很感恩……

1. ....
2. ....
3. ....

什么让今天变得那么美好？

....

....

....

积极的自我肯定

....

....

本周挑战

如果他人对你不友善或不公平，原因几乎总是与对方有关：他的坏心情，他的教养或无知，他需要优越感，他对你的扭曲或不完整的印象，或者那只是他糟糕的一天而已。所以，如果这与你本人几乎没有什么关系，你为什么要把它放在心上呢？

今天我为别人做了什么好事？

....

....

明天我能把什么事情做得更好？

....

....

一些美好的事情，我今天经历的……

1. ....
2. ....
3. ....

我很感恩……

1.
2.
3.

什么让今天变得那么美好?

积极的自我肯定

当你不再个人化地看问题时,
你将获得巨大的自由。
——唐·米格尔·鲁伊斯（1952—，墨西哥）

今天我为别人做了什么好事?

明天我能把什么事情做得更好?

一些美好的事情, 我今天经历的……

1.
2.
3.

98

我很感恩……

1.
2.
3.

什么让今天变得那么美好？

积极的自我肯定

发挥你的才华：
若只有声音最悦耳的鸟儿在歌唱，树林会非常安静。
——亨利·范·戴克（1852—1933，美国）

今天我为别人做了什么好事？

明天我能把什么事情做得更好？

一些美好的事情，我今天经历的……

1.
2.
3.

99

我很感恩……

1.
2.
3.

什么让今天变得那么美好？

积极的自我肯定

> 丰富的可能性是现实的敌人。
>
> ——彼得·阿蒙特（1944—，德国）

今天我为别人做了什么好事？

明天我能把什么事情做得更好？

一些美好的事情，我今天经历的……

1.
2.
3.

我很感恩……

1.
2.
3.

什么让今天变得那么美好？

积极的自我肯定

你的首要任务是让自己快乐。
你快乐，才会让别人快乐。
——路德维希·安德列斯·费尔巴哈（1804—1872，德国）

今天我为别人做了什么好事？

明天我能把什么事情做得更好？

一些美好的事情，我今天经历的……

1.
2.
3.

我很感恩……

1.
2.
3.

什么让今天变得那么美好？

积极的自我肯定

> 夫唯不争，故天下莫能与之争。
>
> ——老子（约前571—前471，楚国）

今天我为别人做了什么好事？

明天我能把什么事情做得更好？

一些美好的事情，我今天经历的……

1.
2.
3.

我很感恩……

1. ....

2. ....

3. ....

什么让今天变得那么美好?

....

....

....

积极的自我肯定

....

....

生活中最大的挑战是克服自己的极限,
去往你做梦都想不到的地方。

——保罗·高更(1848—1903,法国)

今天我为别人做了什么好事?

....

....

明天我能把什么事情做得更好?

....

....

一些美好的事情,我今天经历的……

1. ....

2. ....

3. ....

每月检查

总分	1	2	3	4	5	6	7	8	9	10
感恩	1	2	3	4	5	6	7	8	9	10
专注	1	2	3	4	5	6	7	8	9	10
家人	1	2	3	4	5	6	7	8	9	10
朋友	1	2	3	4	5	6	7	8	9	10
伙伴关系	1	2	3	4	5	6	7	8	9	10
娱乐	1	2	3	4	5	6	7	8	9	10
和平与宁静	1	2	3	4	5	6	7	8	9	10
个人时间	1	2	3	4	5	6	7	8	9	10
健康饮食	1	2	3	4	5	6	7	8	9	10
水和饮料	1	2	3	4	5	6	7	8	9	10
运动	1	2	3	4	5	6	7	8	9	10
旅行	1	2	3	4	5	6	7	8	9	10
健康	1	2	3	4	5	6	7	8	9	10
创新	1	2	3	4	5	6	7	8	9	10
财务状况	1	2	3	4	5	6	7	8	9	10
工作培训	1	2	3	4	5	6	7	8	9	10
思想与情绪	1	2	3	4	5	6	7	8	9	10
现在	1	2	3	4	5	6	7	8	9	10
未来	1	2	3	4	5	6	7	8	9	10

本月笔记

每月6问

如果你确信没有人会因此嘲笑你或评论你，你会怎么做？
想象一下这种情况去感受它，你对此有何感想。

....
....
....
....
....
....

现在你拥有的两个最棒的想法是什么？
你对此有何具体感受？

....
....
....
....
....
....

你现在的生活还缺少什么？
你怎样才能把更多这样的东西带进你的生活？

....
....
....
....
....
....

每月 6 问

别人最看重你的哪些品质?
你最看重自己的什么?

什么时候你会有灵感和创造力?
在哪些活动中你会产生动力和好的想法?

什么烦人的习惯降低了你的生活质量,
你能用什么积极的习惯来取代它?
使用两页后的习惯跟踪器来建立这个新习惯吧。

每周反思
本周进步

1. ....
2. ....
3. ....

在刻度表1~10上，评估下本周有多幸福，为什么？

1	2	3	4	5	6	7	8	9	10

....

....

....

本周我学到了些什么？

....

....

每周计划
为了过好本周的每一天

工作计划	个人（生活）计划

让我感到高兴的是：

1. ....
2. ....
3. ....

对生活小事的喜悦中，

隐藏着通往幸福的钥匙。

——安妮特·安德森（1953—，德国）

笔记 & 想法

你的习惯跟踪器

习惯	周一	周二	周三	周四	周五	周六	周日
	○	○	○	○	○	○	○
	○	○	○	○	○	○	○
	○	○	○	○	○	○	○

周一　周二　周三　周四　周五　周六　周日

我很感恩……

1.
2.
3.

什么让今天变得那么美好？

积极的自我肯定

本周挑战

最近一次做好事是什么时候？当时肯定有人帮过你，不管这个帮助有多小或多么的理所当然，都不要忽视它的价值：本周去感谢所有支持者，也为他们提供帮助吧。

今天我为别人做了什么好事？

明天我能把什么事情做得更好？

一些美好的事情，我今天经历的……

1.
2.
3.

110

我很感恩……

1.
2.
3.

什么让今天变得那么美好?

积极的自我肯定

> 许多误解源于这样一个事实:
> 感谢不仅要表达出来, 还要被感受到。
> ——恩斯特·R.豪施卡 (1926—2012, 德国)

今天我为别人做了什么好事?

明天我能把什么事情做得更好?

一些美好的事情, 我今天经历的……

1.
2.
3.

我很感恩……

1.
2.
3.

什么让今天变得那么美好？

积极的自我肯定

> 人生就像一出戏，
> 不在于它能持续多久，而在于它演得有多好。
> ——塞内卡（前4—65，古罗马）

今天我为别人做了什么好事？

明天我能把什么事情做得更好？

一些美好的事情，我今天经历的……

1.
2.
3.

我很感恩……

1.
2.
3.

什么让今天变得那么美好？

积极的自我肯定

实现明天的唯一障碍是我们今天的疑虑。
——富兰克林·D. 罗斯福（1882—1945，美国）

今天我为别人做了什么好事？

明天我能把什么事情做得更好？

一些美好的事情，我今天经历的……

1.
2.
3.

113

我很感恩……

1.
2.
3.

什么让今天变得那么美好？

积极的自我肯定

与其埋怨天黑，不如点起一支蜡烛。
——中国谚语

今天我为别人做了什么好事？

明天我能把什么事情做得更好？

一些美好的事情，我今天经历的……

1.
2.
3.

114

我很感恩……

1.
2.
3.

什么让今天变得那么美好?

积极的自我肯定

感恩之心让我们的生活更加丰富多彩。
——迪特里希·朋霍费尔（1906—1945，德国）

今天我为别人做了什么好事?

明天我能把什么事情做得更好?

一些美好的事情，我今天经历的……

1.
2.
3.

我很感恩……

1.
2.
3.

什么让今天变得那么美好?

积极的自我肯定

> 我们努力的最高回报不是我们得到了什么,
> 而是我们变成了什么。
> ——约翰·罗斯金(1819—1900,英国)

今天我为别人做了什么好事?

明天我能把什么事情做得更好?

一些美好的事情,我今天经历的……

1.
2.
3.

116

每周反思
本周进步

1.
2.
3.

在刻度表1~10上，评估下本周有多幸福，为什么？

1	2	3	4	5	6	7	8	9	10

本周我学到了些什么？

每周计划
为了过好本周的每一天

工作计划   个人（生活）计划

让我感到高兴的是：

1.
2.
3.

笔记 & 想法

你的习惯跟踪器

习惯	周一	周二	周三	周四	周五	周六	周日
	○	○	○	○	○	○	○
	○	○	○	○	○	○	○
	○	○	○	○	○	○	○

周一　周二　周三　周四　周五　周六　周日 ....

我很感恩……

1.
2.
3.

什么让今天变得那么美好?

积极的自我肯定

本周挑战

一个好的开始是非常聪明的安排：本周安排与某个人约会，以当天发生的美好事情开头，开始你们的对话，而不是直接抱怨某些事情。观察你们的情绪变化和彼此关系的变化。

今天我为别人做了什么好事?

明天我能把什么事情做得更好?

一些美好的事情，我今天经历的……

1.
2.
3.

我很感恩……

1.
2.
3.

什么让今天变得那么美好？

积极的自我肯定

> 我们不能改变风，
> 但我们可以正确地扬帆。
> ——亚里士多德（前384—前322，古希腊）

今天我为别人做了什么好事？

明天我能把什么事情做得更好？

一些美好的事情，我今天经历的……

1.
2.
3.

120

在一个不断想让自己与别人

与众不同的世界里做你自己，

才是最大的成功。

——拉尔夫·沃尔多·爱默生（1803—1882，美国）

66 天

《神奇的6分钟日记（纯享版）》再次成为你不可分割的一部分

乐观、主动、感恩、细心、专注于真正对你有益的习惯……所有这些有益的习惯现在都是你的一部分，只要你每天用这些积极的习惯搭建网络来覆盖你的生活，它们就会一直存在。

> 习惯成为第二天性。
> ——西塞罗
> （前106—前43年，古罗马）

新习惯会在大约 66 天后生根，从而成为你生活的一部分。[12] 你可以在这个收获的时候休息片刻，因为现在你已经在自己身上安装了具有良好习惯的软件。最迟从今天开始，《神奇的6分钟日记（纯享版）》就专属于你一个人了！当然，66天的时间并不精确，但无论如何你都已经走在正确的道路上了！

这一切听起来很棒，但……

……你那些旧的、不受欢迎的习惯到底会怎么样呢？它们会在某个时间自动消失吗？不幸的是，不会，因为每一个根深蒂固的习惯，不管是旧的还是新的，都会在你的大脑中留下一个坚实的神经结构[13]，一种"神经磁带"。这个磁带被存档在大脑中，负责习惯养成的区域，即所谓的基底神经节。由于神经磁带不能被删除，因此如果您不想再次收听旧磁带上的音乐，建议插入新的磁带。在这里需要再次说明，在没有磁带类比法的情况下，由于旧习惯已经植根于大脑，摆脱它们的最好方法是让自己不断养成新的积极习惯来覆盖它们。即使你已经成功地潜藏了过去的习惯，一旦你不再专注于保持现在积极的习惯，过去这些习惯依然随时可能重新激活。⑭为此，我们应该不断主动地确保：不再播放我们的旧"磁带"，让自己不会再回到旧的行为模式。从长远来看，不管是生活的哪一方面都要牢记这一点，利用习惯的力量来为自己谋利也会更容易。

就如阿尔伯特·施韦策（Albert Schweitzer）知道的，"幸福是唯一的东西。当你分享它时，它会加倍"。

如果你想让自己的运气加倍，那么就让我们分享你的成功吧。

用习惯去克服习惯。

——托马斯·肯皮斯（1380—1471，德国）

我很感恩……

1.
2.
3.

什么让今天变得那么美好？

积极的自我肯定

无论你认为行还是不行，
你都是对的。
——亨利·福特（1863—1947，美国）

今天我为别人做了什么好事？

明天我能把什么事情做得更好？

一些美好的事情，我今天经历的……

1.
2.
3.

我很感恩……

1. ＿＿＿＿＿＿＿＿＿＿＿＿＿＿＿＿＿＿＿＿＿＿＿＿＿＿＿＿＿
2. ＿＿＿＿＿＿＿＿＿＿＿＿＿＿＿＿＿＿＿＿＿＿＿＿＿＿＿＿＿
3. ＿＿＿＿＿＿＿＿＿＿＿＿＿＿＿＿＿＿＿＿＿＿＿＿＿＿＿＿＿

什么让今天变得那么美好？

＿＿＿＿＿＿＿＿＿＿＿＿＿＿＿＿＿＿＿＿＿＿＿＿＿＿＿＿＿＿

＿＿＿＿＿＿＿＿＿＿＿＿＿＿＿＿＿＿＿＿＿＿＿＿＿＿＿＿＿＿

＿＿＿＿＿＿＿＿＿＿＿＿＿＿＿＿＿＿＿＿＿＿＿＿＿＿＿＿＿＿

积极的自我肯定

＿＿＿＿＿＿＿＿＿＿＿＿＿＿＿＿＿＿＿＿＿＿＿＿＿＿＿＿＿＿

＿＿＿＿＿＿＿＿＿＿＿＿＿＿＿＿＿＿＿＿＿＿＿＿＿＿＿＿＿＿

> 成为某领域大师之时，
> 就是在新领域重做小学生之时。
> ——格哈德·豪普特曼（1862—1946，德国）

今天我为别人做了什么好事？

＿＿＿＿＿＿＿＿＿＿＿＿＿＿＿＿＿＿＿＿＿＿＿＿＿＿＿＿＿＿

＿＿＿＿＿＿＿＿＿＿＿＿＿＿＿＿＿＿＿＿＿＿＿＿＿＿＿＿＿＿

明天我能把什么事情做得更好？

＿＿＿＿＿＿＿＿＿＿＿＿＿＿＿＿＿＿＿＿＿＿＿＿＿＿＿＿＿＿

＿＿＿＿＿＿＿＿＿＿＿＿＿＿＿＿＿＿＿＿＿＿＿＿＿＿＿＿＿＿

一些美好的事情，我今天经历的……

1. ＿＿＿＿＿＿＿＿＿＿＿＿＿＿＿＿＿＿＿＿＿＿＿＿＿＿＿＿＿
2. ＿＿＿＿＿＿＿＿＿＿＿＿＿＿＿＿＿＿＿＿＿＿＿＿＿＿＿＿＿
3. ＿＿＿＿＿＿＿＿＿＿＿＿＿＿＿＿＿＿＿＿＿＿＿＿＿＿＿＿＿

我很感恩……

1.

2.

3.

什么让今天变得那么美好？

积极的自我肯定

真正的朋友给你完全的自由做自己。

——吉姆·莫里森（1943—1971，美国）

今天我为别人做了什么好事？

明天我能把什么事情做得更好？

一些美好的事情，我今天经历的……

1.

2.

3.

我很感恩……

1.
2.
3.

什么让今天变得那么美好？

积极的自我肯定

人们放弃权力的最常见方式是
认为自己没有权力。
——艾丽斯·沃克（1944—，美国）

今天我为别人做了什么好事？

明天我能把什么事情做得更好？

一些美好的事情，我今天经历的……

1.
2.
3.

我很感恩……

1.
2.
3.

什么让今天变得那么美好？

积极的自我肯定

如果对方的脸上没有笑容，
那就将你的微笑展现给他吧！
——查理·卓别林（1889—1977，英国）

今天我为别人做了什么好事？

明天我能把什么事情做得更好？

一些美好的事情，我今天经历的……

1.
2.
3.

每周反思
本周进步

1.
2.
3.

在刻度表1~10上，评估下本周有多幸福，为什么？

| 1 | 2 | 3 | 4 | 5 | 6 | 7 | 8 | 9 | 10 |

本周我学到了些什么？

每周计划
为了过好本周的每一天

工作计划   个人（生活）计划

让我感到高兴的是：

1.
2.
3.

笔记 & 想法

你的习惯跟踪器

习惯   周一 周二 周三 周四 周五 周六 周日

习惯	周一	周二	周三	周四	周五	周六	周日
	◯	◯	◯	◯	◯	◯	◯
	◯	◯	◯	◯	◯	◯	◯
	◯	◯	◯	◯	◯	◯	◯

我很感恩……

1. ....
2. ....
3. ....

什么让今天变得那么美好？

....

....

....

积极的自我肯定

....

本周挑战

音乐可以将整个大脑的不同区域连接起来。它可以减轻我们的压力，增强我们的免疫系统，让我们的表现达到最佳状态等等。它可以为我们不同的情绪创建播放列表（运动时的动力、心痛时的安慰、工作时的专注……），而且这个列表还在不断扩展增加。通过这种方式，你可以在生活中的每种情况下都能提高自己的幸福感。

今天我为别人做了什么好事？

....

....

明天我能把什么事情做得更好？

....

....

一些美好的事情，我今天经历的……

1. ....
2. ....
3. ....

我很感恩……

1.
2.
3.

什么让今天变得那么美好？

积极的自我肯定

只要被这首歌迷住了，
每一个悲伤的皱纹都会消失。
——弗里德里希·冯·席勒（1759—1805，德国）

今天我为别人做了什么好事？

明天我能把什么事情做得更好？

一些美好的事情，我今天经历的……

1.
2.
3.

我很感恩……

1.
2.
3.

什么让今天变得那么美好?

积极的自我肯定

生活中没有什么可怕的东西,
只有需要理解的东西。
——玛丽·居里(1867—1934,法国)

今天我为别人做了什么好事?

明天我能把什么事情做得更好?

一些美好的事情,我今天经历的……

1.
2.
3.

133

我很感恩……

1.
2.
3.

什么让今天变得那么美好？

积极的自我肯定

没有一个夜晚如此漫长，
以至于明亮的早晨终于不笑了。

——威廉·莎士比亚（1564—1616，英国）

今天我为别人做了什么好事？

明天我能把什么事情做得更好？

一些美好的事情，我今天经历的……

1.
2.
3.

134

我很感恩……

1. ....
2. ....
3. ....

什么让今天变得那么美好？

....

....

....

积极的自我肯定

....

> 想想你拥有什么，
> 而不是你缺少什么。
>
> ——马可·奥勒留（121—180，古罗马）

今天我为别人做了什么好事？

....

....

明天我能把什么事情做得更好？

....

....

一些美好的事情，我今天经历的……

1. ....
2. ....
3. ....

我很感恩……

1.
2.
3.

什么让今天变得那么美好？

积极的自我肯定

> 我们每个人都有改变世界的力量，
> 无论多么微小。
> ——保罗·科埃略（1947—，巴西）

今天我为别人做了什么好事？

明天我能把什么事情做得更好？

一些美好的事情，我今天经历的……

1.
2.
3.

我很感恩……

1.
2.
3.

什么让今天变得那么美好？

积极的自我肯定

但凡人能想象到的事物，
必定有人能将它实现。

——儒勒·凡尔纳（1828—1905，法国）

今天我为别人做了什么好事？

明天我能把什么事情做得更好？

一些美好的事情，我今天经历的……

1.
2.
3.

每周反思

本周进步

1. ....
2. ....
3. ....

在刻度表1~10上，评估下本周有多幸福，为什么？

1	2	3	4	5	6	7	8	9	10

....

....

....

本周我学到了些什么？

....

....

....

每周计划

为了过好本周的每一天

工作计划	个人（生活）计划

让我感到高兴的是：

1. ....
2. ....
3. ....

笔记 & 想法

你的习惯跟踪器

习惯

周一　周二　周三　周四　周五　周六　周日

○　○　○　○　○　○　○

○　○　○　○　○　○　○

○　○　○　○　○　○　○

我很感恩……

1.
2.
3.

什么让今天变得那么美好？

积极的自我肯定

本周挑战

你是一个逻辑学家、调解人、领事还是冒险家？你想更好地了解自己和自己的个性吗？那么"16个性测试"绝对是一个值得投入时间的尝试。这个测试并非毫无争议，但无论如何都值得一试。你不是第一个对结果惊讶不已的人。

今天我为别人做了什么好事？

明天我能把什么事情做得更好？

一些美好的事情，我今天经历的……

1.
2.
3.

140

我很感恩……

1. _____
2. _____
3. _____

什么让今天变得那么美好?

_____

_____

_____

_____

积极的自我肯定

_____

_____

> 只有最聪明的人才会用他们的敏锐来判断他人,
> 也评判自己。
>
> ——玛丽·冯·埃布纳-埃申巴赫(1830—1916,奥地利)

今天我为别人做了什么好事?

_____

_____

明天我能把什么事情做得更好?

_____

_____

一些美好的事情,我今天经历的……

1. _____
2. _____
3. _____

我很感恩……

1.
2.
3.

什么让今天变得那么美好？

积极的自我肯定

> 忘记无法改变的事物的人是幸福的。
>
> ——约翰·施特劳斯（1825—1899，奥地利）

今天我为别人做了什么好事？

明天我能把什么事情做得更好？

一些美好的事情，我今天经历的……

1.
2.
3.

142

周一　周二　周三　周四　周五　周六　周日　　┈┈┈┈┈┈┈

我很感恩……

1.
2.
3.

什么让今天变得那么美好？

积极的自我肯定

即使是一扇沉重的门也只需要一把小钥匙。

——查尔斯·狄更斯（1812—1870，英国）

今天我为别人做了什么好事？

明天我能把什么事情做得更好？

一些美好的事情，我今天经历的……

1.
2.
3.

143

我很感恩……

1.
2.
3.

什么让今天变得那么美好？

积极的自我肯定

躬自厚而薄责于人，则远怨矣。
——孔子（前551—前479，鲁国）

今天我为别人做了什么好事？

明天我能把什么事情做得更好？

一些美好的事情，我今天经历的……

1.
2.
3.

144

我很感恩……

1.
2.
3.

什么让今天变得那么美好?

积极的自我肯定

每个人都有各自美好的一面。
——朱莉·德尔佩(1969—,法国)

今天我为别人做了什么好事?

明天我能把什么事情做得更好?

一些美好的事情,我今天经历的……

1.
2.
3.

145

我很感恩……

1.
2.
3.

什么让今天变得那么美好？

积极的自我肯定

> 当你将事情细分成一个个的小任务后，
> 其实没什么难事。
> ——亨利·福特（1863—1947，美国）

今天我为别人做了什么好事？

明天我能把什么事情做得更好？

一些美好的事情，我今天经历的……

1.
2.
3.

146

每月检查

总分	1	2	3	4	5	6	7	8	9	10
感恩	1	2	3	4	5	6	7	8	9	10
专注	1	2	3	4	5	6	7	8	9	10
家人	1	2	3	4	5	6	7	8	9	10
朋友	1	2	3	4	5	6	7	8	9	10
伙伴关系	1	2	3	4	5	6	7	8	9	10
娱乐	1	2	3	4	5	6	7	8	9	10
和平与宁静	1	2	3	4	5	6	7	8	9	10
个人时间	1	2	3	4	5	6	7	8	9	10
健康饮食	1	2	3	4	5	6	7	8	9	10
水和饮料	1	2	3	4	5	6	7	8	9	10
运动	1	2	3	4	5	6	7	8	9	10
旅行	1	2	3	4	5	6	7	8	9	10
健康	1	2	3	4	5	6	7	8	9	10
创新	1	2	3	4	5	6	7	8	9	10
财务状况	1	2	3	4	5	6	7	8	9	10
工作培训	1	2	3	4	5	6	7	8	9	10
思想与情绪	1	2	3	4	5	6	7	8	9	10
现在	1	2	3	4	5	6	7	8	9	10
未来	1	2	3	4	5	6	7	8	9	10

本月笔记

每月6问

写出一个你人生中曾经做出的勇敢的决定。
你接下来会做出什么勇敢的决定？

....
....
....
....
....
....

你现在最大的忧虑是什么？
想象一下，这个忧虑是你最好的朋友的，你会给他什么建议？

....
....
....
....
....
....

你的哪些所谓的弱点反而可能会成为你的优势？
为什么？

....
....
....
....
....

每月6问

你现在有什么压力？五年后（它）还重要吗？
五周后会怎样？甚至五天后呢？

現在大部分时间你都会和哪5个人在一起？
这些人对你好吗？你对他们好吗？

你目前和你理想的生活之间有多大差距？

每周反思
本周进步

1. ....
2. ....
3. ....

在刻度表1~10上，评估下本周有多幸福，为什么？

1	2	3	4	5	6	7	8	9	10

....

....

....

本周我学到了些什么？

....

....

....

每周计划
为了过好本周的每一天

工作计划	个人（生活）计划

让我感到高兴的是：

1. ....
2. ....
3. ....

笔记 & 想法

你的习惯跟踪器

习惯

	周一	周二	周三	周四	周五	周六	周日
	○	○	○	○	○	○	○
	○	○	○	○	○	○	○
	○	○	○	○	○	○	○

我很感恩……

1.
2.
3.

什么让今天变得那么美好？

积极的自我肯定

本周挑战

这项挑战是最受我们欢迎的挑战之一：本周你是积极的反驳者。当你无意间听到有人被轻蔑地谈论时，你就是为那个人说好话的人。

今天我为别人做了什么好事？

明天我能把什么事情做得更好？

一些美好的事情，我今天经历的……

1.
2.
3.

我很感恩……

1. ....
2. ....
3. ....

什么让今天变得那么美好？

....

....

....

积极的自我肯定

....

....

那些植树的人，即使他们知道他们永远不会坐在树荫下，
至少已经开始理解生命的意义。
——拉宾德拉纳特·泰戈尔（1861—1941，印度）

今天我为别人做了什么好事？

....

....

明天我能把什么事情做得更好？

....

....

一些美好的事情，我今天经历的……

1. ....
2. ....
3. ....

我很感恩……

1.
2.
3.

什么让今天变得那么美好？

积极的自我肯定

> 爱不是你期望得到什么，
> 而是你愿意付出什么。
>
> ——凯瑟琳·赫本（1907—2003，美国）

今天我为别人做了什么好事？

明天我能把什么事情做得更好？

一些美好的事情，我今天经历的……

1.
2.
3.

我很感恩……

1. ....
2. ....
3. ....

什么让今天变得那么美好？

....

....

....

积极的自我肯定

....

....

一笑解千愁。
——中国谚语

今天我为别人做了什么好事？

....

....

明天我能把什么事情做得更好？

....

....

一些美好的事情，我今天经历的……

1. ....
2. ....
3. ....

我很感恩……

1.
2.
3.

什么让今天变得那么美好？

积极的自我肯定

> 自由意味着你不必像其他人那样做每一件事。
> ——阿斯特丽德·林德格伦（1907—2002，瑞典）

今天我为别人做了什么好事？

明天我能把什么事情做得更好？

一些美好的事情，我今天经历的……

1.
2.
3.

156

我很感恩……

1. _____
2. _____
3. _____

什么让今天变得那么美好？

_____

_____

_____

积极的自我肯定

_____

_____

> 智者从一切事物中学习，从每个人身上学习，
> 从他的经历中学习，从愚蠢者那里学习，对每件事都更了解。
>
> ——苏格拉底（前469—前399，古希腊）

今天我为别人做了什么好事？

_____

_____

明天我能把什么事情做得更好？

_____

_____

一些美好的事情，我今天经历的……

1. _____
2. _____
3. _____

我很感恩······

1.
2.
3.

什么让今天变得那么美好？

积极的自我肯定

那些还没适应这个世界的人离找到自我又近了一步。

——赫尔曼·黑塞（1877—1962，德国）

今天我为别人做了什么好事？

明天我能把什么事情做得更好？

一些美好的事情，我今天经历的······

1.
2.
3.

每周反思
本周进步

1.
2.
3.

在刻度表1~10上，评估下本周有多幸福，为什么？

| 1 | 2 | 3 | 4 | 5 | 6 | 7 | 8 | 9 | 10 |

本周我学到了些什么？

每周计划
为了过好本周的每一天

| 工作计划 | 个人（生活）计划 |

让我感到高兴的是：

1.
2.
3.

笔记 & 想法

你的习惯跟踪器

习惯

	周一	周二	周三	周四	周五	周六	周日
	○	○	○	○	○	○	○
	○	○	○	○	○	○	○
	○	○	○	○	○	○	○

我很感恩……

1.
2.
3.

什么让今天变得那么美好?

积极的自我肯定

本周挑战

　　是不是有时候你想尝试一些新事物,比如一个新面貌或一个新爱好,但你放弃了,因为觉得不适合自己? 想想你为什么会有这种感觉。到底是你还是别人觉得不适合? 不要害怕自己的个性,而向自己投降。

今天我为别人做了什么好事?

明天我能把什么事情做得更好?

一些美好的事情,我今天经历的……

1.
2.
3.

我很感恩……

1.
2.
3.

什么让今天变得那么美好?

积极的自我肯定

你才是自己的极限，超越它吧。

——沙姆斯丁·穆罕默德·哈菲兹（约1320—1389，伊朗）

今天我为别人做了什么好事?

明天我能把什么事情做得更好?

一些美好的事情，我今天经历的……

1.
2.
3.

我很感恩……

1.
2.
3.

什么让今天变得那么美好？

积极的自我肯定

生活的智慧意味着尽可能重视所有事情，
但不要完全认真地对待任何事情。
——亚瑟·施尼茨勒（1862—1931，奥地利）

今天我为别人做了什么好事？

明天我能把什么事情做得更好？

一些美好的事情，我今天经历的……

1.
2.
3.

我很感恩……

1.
2.
3.

什么让今天变得那么美好？

积极的自我肯定

时间不会改变我们，
它只会让我们展现出来。
——马克斯·弗里施（1911—1991，瑞士）

今天我为别人做了什么好事？

明天我能把什么事情做得更好？

一些美好的事情，我今天经历的……

1.
2.
3.

我很感恩……

1. ....
2. ....
3. ....

什么让今天变得那么美好？

....
....
....

积极的自我肯定

....
....

> 人生中最大的乐趣就是
> 做到别人认为你做不到的事。
> ——沃尔特·白芝浩（1826—1877，英国）

今天我为别人做了什么好事？

....
....

明天我能把什么事情做得更好？

....
....

一些美好的事情，我今天经历的……

1. ....
2. ....
3. ....

165

我很感恩……

1.
2.
3.

什么让今天变得那么美好？

积极的自我肯定

> 只有经过黑夜，才能到达黎明。
>
> ——哈里利·纪伯伦（1883—1931，黎巴嫩）

今天我为别人做了什么好事？

明天我能把什么事情做得更好？

一些美好的事情，我今天经历的……

1.
2.
3.

166

我很感恩……

1. ....
2. ....
3. ....

什么让今天变得那么美好？

....
....
....

积极的自我肯定

....
....

我们不能用制造问题的同样思维来解决问题。

——阿尔伯特·爱因斯坦（1879—1955美国）

今天我为别人做了什么好事？

....
....

明天我能把什么事情做得更好？

....
....

一些美好的事情，我今天经历的……

1. ....
2. ....
3. ....

每周反思
本周进步

1.
2.
3.

在刻度表1~10上，评估下本周有多幸福，为什么？

1	2	3	4	5	6	7	8	9	10

本周我学到了些什么？

每周计划
为了过好本周的每一天

工作计划	个人（生活）计划

让我感到高兴的是：

1.
2.
3.

笔记 & 想法

你的习惯跟踪器

习惯	周一	周二	周三	周四	周五	周六	周日
	○	○	○	○	○	○	○
	○	○	○	○	○	○	○
	○	○	○	○	○	○	○

享受生活中的每一件小事，

因为有一天当你回头看，

会发现它们都很重要。

——库尔特·冯内古特（1922—2007，美国）

时间已过半

过得多快啊！

最大的幸福往往都藏在日常小事里，而且大多数情况下它也比我们想象的要离我们更近。即使我们对这一点很清楚，但日常的喧嚣导致我们在现实生活中一次又一次地忘记了这个事实。许许多多的承诺、责任和一大堆没有按照设想发展的事情夹杂在中间，让我们很容易忽视日常生活的细节。虽然我们嘴上常说"要关注生活中的细节"，但它并不在所有人的脑海里。

> 真正的生活艺术在于发现日常生活中的美。
>
> ——珀尔·巴克
> （1892—1973，美国）

每天 6 分钟例行非常明确的目的就是让你对小小的成功和幸福时刻产生持续的、更加强烈的意识，从而确保生活的美好不会在充满压力的日常生活中埋没。大量的脑部扫描研究以及我们的用户的个人体验报告表明：规律性训练和感知的意识出现的频率越高，与之相应的积极生活感受就越持久和越强烈。

理论说得够多了，那在实践中是什么样子的呢？你的目光是否敏锐地注视着生活中的点点滴滴？你是否更专注于你的日常生活，并注意到你以前经常忽略的事情呢？你难道不是经常有这种愿望，在晚上的例行中能够直截了当地写下一天中美好的经历，然后像小宝贝一样随身携带一整天呢？

我很感恩……

1.
2.
3.

什么让今天变得那么美好？

积极的自我肯定

本周挑战

有多少想法和灵感掠过了你的脑海，然后你又瞬间忘记了？真糟糕！快把这些想法直接记在一个小笔记本或手机上吧。无数成功人士，如比尔·盖茨、雪莉·桑德伯格、J.K.罗琳或理查德·布兰森，都有这个共同的习惯。

今天我为别人做了什么好事？

明天我能把什么事情做得更好？

一些美好的事情，我今天经历的……

1.
2.
3.

我很感恩……

1. ....
2. ....
3. ....

什么让今天变得那么美好?

....

....

....

....

积极的自我肯定

....

....

> 你的大脑是用来产生想法的，而不是用来保存想法的。
> 大脑不是一个存储设备，而是一个思考设备。
> ——大卫·艾伦（1945—，美国）

今天我为别人做了什么好事?

....

....

明天我能把什么事情做得更好?

....

....

一些美好的事情，我今天经历的……

1. ....
2. ....
3. ....

我很感恩……

1.
2.
3.

什么让今天变得那么美好?

积极的自我肯定

> 对于大多数人来说,
> 他们认定自己有多幸福,就有多幸福。
>
> ——亚伯拉罕·林肯(1809—1865,美国)

今天我为别人做了什么好事?

明天我能把什么事情做得更好?

一些美好的事情,我今天经历的……

1.
2.
3.

174

我很感恩⋯⋯

1. ⋯⋯⋯⋯⋯⋯⋯⋯⋯⋯⋯⋯⋯⋯⋯⋯⋯⋯⋯⋯⋯⋯⋯⋯⋯⋯⋯⋯⋯
2. ⋯⋯⋯⋯⋯⋯⋯⋯⋯⋯⋯⋯⋯⋯⋯⋯⋯⋯⋯⋯⋯⋯⋯⋯⋯⋯⋯⋯⋯
3. ⋯⋯⋯⋯⋯⋯⋯⋯⋯⋯⋯⋯⋯⋯⋯⋯⋯⋯⋯⋯⋯⋯⋯⋯⋯⋯⋯⋯⋯

什么让今天变得那么美好?

积极的自我肯定

> 必须是发自内心的话，才能深入人心。
>
> ——约翰·沃尔夫冈·冯·歌德（1749—1832，德国）

今天我为别人做了什么好事?

明天我能把什么事情做得更好?

一些美好的事情，我今天经历的⋯⋯

1. ⋯⋯⋯⋯⋯⋯⋯⋯⋯⋯⋯⋯⋯⋯⋯⋯⋯⋯⋯⋯⋯⋯⋯⋯⋯⋯⋯⋯⋯
2. ⋯⋯⋯⋯⋯⋯⋯⋯⋯⋯⋯⋯⋯⋯⋯⋯⋯⋯⋯⋯⋯⋯⋯⋯⋯⋯⋯⋯⋯
3. ⋯⋯⋯⋯⋯⋯⋯⋯⋯⋯⋯⋯⋯⋯⋯⋯⋯⋯⋯⋯⋯⋯⋯⋯⋯⋯⋯⋯⋯

我很感恩……

1.
2.
3.

什么让今天变得那么美好？

积极的自我肯定

说到底，
生活正是与人的联系才赋予了生命价值。
——威廉·冯·洪堡（1767—1835，德国）

今天我为别人做了什么好事？

明天我能把什么事情做得更好？

一些美好的事情，我今天经历的……

1.
2.
3.

我很感恩……

1.
2.
3.

什么让今天变得那么美好？

积极的自我肯定

> 我们总是寄希望于明天，
> 或许明天也期待着我们中的一些人。
> ——恩斯特·R.豪施卡（1926—2012，德国）

今天我为别人做了什么好事？

明天我能把什么事情做得更好？

一些美好的事情，我今天经历的……

1.
2.
3.

我很感恩……

1.
2.
3.

什么让今天变得那么美好？

积极的自我肯定

变得勇敢除了有点儿困难，
也没有更坏的事儿了。
——乔治·伯纳德·萧（1856—1950，爱尔兰）

今天我为别人做了什么好事？

明天我能把什么事情做得更好？

一些美好的事情，我今天经历的……

1.
2.
3.

每周反思
本周进步

1.
2.
3.

在刻度表1~10上，评估下本周有多幸福，为什么？

1	2	3	4	5	6	7	8	9	10

本周我学到了些什么？

每周计划
为了过好本周的每一天

工作计划	个人（生活）计划

让我感到高兴的是：

1.
2.
3.

笔记 & 想法

你的习惯跟踪器

习惯	周一	周二	周三	周四	周五	周六	周日
	○	○	○	○	○	○	○
	○	○	○	○	○	○	○
	○	○	○	○	○	○	○

周一　周二　周三　周四　周五　周六　周日　..........................

我很感恩……

1.
2.
3.

什么让今天变得那么美好？

积极的自我肯定

本周挑战

在日常生活中，对陌生人表达真诚赞美的心理障碍往往是无法逾越的。跳出你的影子，向站台上的女人询问她漂亮的夹克在哪儿买的，告诉在电影院坐你旁边的女人她的笑是多么有感染力，让邮递员知道他一如既往的好心情是多么的令人耳目一新……

今天我为别人做了什么好事？

明天我能把什么事情做得更好？

一些美好的事情，我今天经历的……

1.
2.
3.

我很感恩……

1.
2.
3.

什么让今天变得那么美好？

积极的自我肯定

得到一次赞美，我可以多活两个月。

——马克·吐温（1835—1910，美国）

今天我为别人做了什么好事？

明天我能把什么事情做得更好？

一些美好的事情，我今天经历的……

1.
2.
3.

182

我很感恩……

1.
2.
3.

什么让今天变得那么美好?

积极的自我肯定

> 我本人是个乐观主义者,
> 因为做别的貌似没什么用。
> ——温斯顿·丘吉尔（1874—1965，英国）

今天我为别人做了什么好事?

明天我能把什么事情做得更好?

一些美好的事情,我今天经历的……

1.
2.
3.

我很感恩……

1.
2.
3.

什么让今天变得那么美好?

积极的自我肯定

> 当我们享受生活时,
> 幸福的时刻自然就会到来。
> ——恩斯特·费斯特尔(1955—,奥地利)

今天我为别人做了什么好事?

明天我能把什么事情做得更好?

一些美好的事情,我今天经历的……

1.
2.
3.

184

我很感恩……

1.
2.
3.

什么让今天变得那么美好?

积极的自我肯定

如果你知道自己不能失败，你会怎么做?

——罗伯特·H. 舒勒（1926—2015，美国）

今天我为别人做了什么好事?

明天我能把什么事情做得更好?

一些美好的事情，我今天经历的……

1.
2.
3.

我很感恩……

1.
2.
3.

什么让今天变得那么美好？

积极的自我肯定

勇气不是缺乏恐惧心理，
而是对恐惧心理的抵御和控制能力。
——马克·吐温（1835—1910，美国）

今天我为别人做了什么好事？

明天我能把什么事情做得更好？

一些美好的事情，我今天经历的……

1.
2.
3.

186

我很感恩……

1. _____
2. _____
3. _____

什么让今天变得那么美好?

_____

_____

_____

积极的自我肯定

_____

愚蠢的事情重复的次数越多的人,
看起来就越明智。
——伏尔泰（1694—1778，法国）

今天我为别人做了什么好事?

_____

_____

明天我能把什么事情做得更好?

_____

_____

一些美好的事情,我今天经历的……

1. _____
2. _____
3. _____

每月检查

总分	1	2	3	4	5	6	7	8	9	10
感恩	1	2	3	4	5	6	7	8	9	10
专注	1	2	3	4	5	6	7	8	9	10
家人	1	2	3	4	5	6	7	8	9	10
朋友	1	2	3	4	5	6	7	8	9	10
伙伴关系	1	2	3	4	5	6	7	8	9	10
娱乐	1	2	3	4	5	6	7	8	9	10
和平与宁静	1	2	3	4	5	6	7	8	9	10
个人时间	1	2	3	4	5	6	7	8	9	10
健康饮食	1	2	3	4	5	6	7	8	9	10
水和饮料	1	2	3	4	5	6	7	8	9	10
运动	1	2	3	4	5	6	7	8	9	10
旅行	1	2	3	4	5	6	7	8	9	10
健康	1	2	3	4	5	6	7	8	9	10
创新	1	2	3	4	5	6	7	8	9	10
财务状况	1	2	3	4	5	6	7	8	9	10
工作培训	1	2	3	4	5	6	7	8	9	10
思想与情绪	1	2	3	4	5	6	7	8	9	10
现在	1	2	3	4	5	6	7	8	9	10
未来	1	2	3	4	5	6	7	8	9	10

本月笔记

每月 6 问

迄今为止，你在生活中经历的最大变化是什么？
是什么导致了事态的改变？

....
....
....
....
....
....

如果让你给一个孩子一个人生建议，
会是什么呢？

....
....
....
....
....
....

如果所有工作的报酬相同，你会选择哪个职业，
为什么选择这个职业？

....
....
....
....
....
....
....

每月6问

你在过去几年中建立的哪些习惯
或行为极大地丰富了你的生活?

....
....
....
....
....
....

"噢,我完全忘记吃午饭了!"
在什么活动中,你会太专注而忘记吃饭或者上厕所?

....
....
....
....
....
....

你今天收到一封来自10年后的自己的来信。
10年后的自己会给现在的你一些什么建议呢?

....
....
....
....
....
....

每周反思
本周进步

1.
2.
3.

在刻度表1~10上，评估下本周有多幸福，为什么？

1	2	3	4	5	6	7	8	9	10

本周我学到了些什么？

每周计划
为了过好本周的每一天

工作计划	个人（生活）计划

让我感到高兴的是：

1.
2.
3.

笔记 & 想法

你的习惯跟踪器

习惯   周一 周二 周三 周四 周五 周六 周日

习惯	周一	周二	周三	周四	周五	周六	周日
	○	○	○	○	○	○	○
	○	○	○	○	○	○	○
	○	○	○	○	○	○	○

逐二兔，

不得一兔。

——孔子（前551—前479，鲁国）

我很感恩……

1.
2.
3.

什么让今天变得那么美好？

积极的自我肯定

本周挑战

在一个可能性无限、时间有限的世界里说"不"，从根本上理解，无异于对自己和自己重要的事情说"是"。下次有人求你帮助，如果你的直觉是抵触的，请帮自己一个忙，说"不"。诚实地面对自己才是最重要的。

今天我为别人做了什么好事？

明天我能把什么事情做得更好？

一些美好的事情，我今天经历的……

1.
2.
3.

我很感恩……

1. ┄┄┄
2. ┄┄┄
3. ┄┄┄

什么让今天变得那么美好？

┄┄┄
┄┄┄
┄┄┄

积极的自我肯定

┄┄┄

> 如果你说"是"，
> 确保你没有对自己说"不"。
> ——保罗·科埃略（1947—，巴西）

今天我为别人做了什么好事？

┄┄┄
┄┄┄

明天我能把什么事情做得更好？

┄┄┄

一些美好的事情，我今天经历的……

1. ┄┄┄
2. ┄┄┄
3. ┄┄┄

195

我很感恩……

1.
2.
3.

什么让今天变得那么美好？

积极的自我肯定

通往目标的道路
从你百分之百地为自己所做的事情负责的那天开始。
——但丁·阿利基耶里（1265—1321，意大利）

今天我为别人做了什么好事？

明天我能把什么事情做得更好？

一些美好的事情，我今天经历的……

1.
2.
3.

196

我很感恩……

1.
2.
3.

什么让今天变得那么美好?

积极的自我肯定

> 人不是在目标上长大的,
> 而是在通往目标的路上长大的。
> ——拉尔夫·沃尔多·爱默生(1803—1882,美国)

今天我为别人做了什么好事?

明天我能把什么事情做得更好?

一些美好的事情,我今天经历的……

1.
2.
3.

我很感恩……

1.
2.
3.

什么让今天变得那么美好？

积极的自我肯定

> 对于乐观主义者来说，
> 生活不是问题，而是解决方案。
> ——马瑟·巴纽（1895—1974，法国）

今天我为别人做了什么好事？

明天我能把什么事情做得更好？

一些美好的事情，我今天经历的……

1.
2.
3.

198

我很感恩……

1.
2.
3.

什么让今天变得那么美好?

积极的自我肯定

如果我能再活一次,我也会犯同样的错误,
但要更早些的话,我会犯更多的错误。
——玛琳·黛德丽(1901—1992,美国)

今天我为别人做了什么好事?

明天我能把什么事情做得更好?

一些美好的事情,我今天经历的……

1.
2.
3.

我很感恩……

1. ....
2. ....
3. ....

什么让今天变得那么美好？

....

....

....

积极的自我肯定

....

....

> 并不是因为事情难，我们才不敢做，
> 而是因为不敢做所以才困难。
>
> ——塞涅卡（约前4—65，古罗马）

今天我为别人做了什么好事？

....

....

明天我能把什么事情做得更好？

....

....

一些美好的事情，我今天经历的……

1. ....
2. ....
3. ....

每周反思

本周进步

1.
2.
3.

在刻度表1~10上，评估下本周有多幸福，为什么？

1	2	3	4	5	6	7	8	9	10

本周我学到了些什么？

每周计划

为了过好本周的每一天

工作计划	个人（生活）计划

让我感到高兴的是：

1.
2.
3.

笔记 & 想法

你的习惯跟踪器

习惯   周一 周二 周三 周四 周五 周六 周日

习惯	周一	周二	周三	周四	周五	周六	周日
	○	○	○	○	○	○	○
	○	○	○	○	○	○	○
	○	○	○	○	○	○	○

我很感恩……

1.
2.
3.

什么让今天变得那么美好?

积极的自我肯定

本周挑战

你看重谁的想法,虽然你们经常会有不同的看法? 问问这个人你该如何改进。正是因为他的想法与你不同,才可以为你自己的行为打开有趣的视角和思路。

今天我为别人做了什么好事?

明天我能把什么事情做得更好?

一些美好的事情,我今天经历的……

1.
2.
3.

我很感恩……

1.

2.

3.

什么让今天变得那么美好？

积极的自我肯定

> 要想看得清楚，
> 改变视角往往就足够了。
> ——安托尼·德·圣-埃克苏佩里（1900—1944，法国）

今天我为别人做了什么好事？

明天我能把什么事情做得更好？

一些美好的事情，我今天经历的……

1.

2.

3.

我很感恩⋯⋯

1. ⋯⋯⋯⋯⋯⋯⋯⋯⋯⋯⋯⋯⋯⋯⋯⋯⋯⋯⋯⋯⋯⋯⋯⋯⋯⋯⋯⋯⋯⋯⋯
2. ⋯⋯⋯⋯⋯⋯⋯⋯⋯⋯⋯⋯⋯⋯⋯⋯⋯⋯⋯⋯⋯⋯⋯⋯⋯⋯⋯⋯⋯⋯⋯
3. ⋯⋯⋯⋯⋯⋯⋯⋯⋯⋯⋯⋯⋯⋯⋯⋯⋯⋯⋯⋯⋯⋯⋯⋯⋯⋯⋯⋯⋯⋯⋯

什么让今天变得那么美好？

积极的自我肯定

这个世界的问题是，
聪明的人如此充满自我怀疑，愚蠢的人如此充满自信。

——查尔斯·布可夫斯基（1920—1994，美国）

今天我为别人做了什么好事？

明天我能把什么事情做得更好？

一些美好的事情，我今天经历的⋯⋯

1. ⋯⋯⋯⋯⋯⋯⋯⋯⋯⋯⋯⋯⋯⋯⋯⋯⋯⋯⋯⋯⋯⋯⋯⋯⋯⋯⋯⋯⋯⋯⋯
2. ⋯⋯⋯⋯⋯⋯⋯⋯⋯⋯⋯⋯⋯⋯⋯⋯⋯⋯⋯⋯⋯⋯⋯⋯⋯⋯⋯⋯⋯⋯⋯
3. ⋯⋯⋯⋯⋯⋯⋯⋯⋯⋯⋯⋯⋯⋯⋯⋯⋯⋯⋯⋯⋯⋯⋯⋯⋯⋯⋯⋯⋯⋯⋯

我很感恩……

1.
2.
3.

什么让今天变得那么美好？

积极的自我肯定

> 你永远不知道已经做了什么，
> 你只知道还有什么要做。
> ——玛丽·居里（1867—1934，法国）

今天我为别人做了什么好事？

明天我能把什么事情做得更好？

一些美好的事情，我今天经历的……

1.
2.
3.

周一　周二　周三　周四　周五　周六　周日　..........

我很感恩……

1.
2.
3.

什么让今天变得那么美好？

积极的自我肯定

没有比说谢谢更紧迫的内疚了。
——马尔库斯·图利乌斯·西塞罗（前106—前43，古罗马）

今天我为别人做了什么好事？

明天我能把什么事情做得更好？

一些美好的事情，我今天经历的……

1.
2.
3.

207

我很感恩……

1.

2.

3.

什么让今天变得那么美好?

积极的自我肯定

> 人心之美,远比肉眼所见更崇高。
>
> ——哈里利·纪伯伦(1883—1931,黎巴嫩)

今天我为别人做了什么好事?

明天我能把什么事情做得更好?

一些美好的事情,我今天经历的……

1.

2.

3.

208

我很感恩……

1.
2.
3.

什么让今天变得那么美好?

积极的自我肯定

想要成为别人，就是浪费你自己。

——科特·柯本（1967—1994，美国）

今天我为别人做了什么好事?

明天我能把什么事情做得更好?

一些美好的事情，我今天经历的……

1.
2.
3.

每周反思
本周进步

1. ....
2. ....
3. ....

在刻度表1~10上，评估下本周有多幸福，为什么？

1	2	3	4	5	6	7	8	9	10

....

....

本周我学到了些什么？

....

....

每周计划
为了过好本周的每一天

工作计划	个人（生活）计划

让我感到高兴的是：

1. ....
2. ....
3. ....

笔记 & 想法

你的习惯跟踪器

习惯

周一 周二 周三 周四 周五 周六 周日

○ ○ ○ ○ ○ ○ ○

○ ○ ○ ○ ○ ○ ○

○ ○ ○ ○ ○ ○ ○

我很感恩……

1.
2.
3.

什么让今天变得那么美好？

积极的自我肯定

本周挑战

赠给别人一本你受启发的书，并附上笔记，说明下为什么你想与他分享这本书。

今天我为别人做了什么好事？

明天我能把什么事情做得更好？

一些美好的事情，我今天经历的……

1.
2.
3.

周一　周二　周三　周四　周五　周六　周日 ....

我很感恩……

1. ....
2. ....
3. ....

什么让今天变得那么美好？

....

....

....

积极的自我肯定

....

....

> 给予意味着将您想为自己保留的东西给予他人。
>
> ——塞尔玛·拉格洛夫（1858—1940，瑞典）

今天我为别人做了什么好事？

....

....

明天我能把什么事情做得更好？

....

....

一些美好的事情，我今天经历的……

1. ....
2. ....
3. ....

我很感恩……

1.
2.
3.

什么让今天变得那么美好？

积极的自我肯定

> 你无法改变生活中的境遇，
> 但却可以塑造适应境遇的态度。
> ——齐格·齐格勒（1926—2012，美国）

今天我为别人做了什么好事？

明天我能把什么事情做得更好？

一些美好的事情，我今天经历的……

1.
2.
3.

我很感恩……

1. ....
2. ....
3. ....

什么让今天变得那么美好？

....

....

....

积极的自我肯定

....

....

> 没有人会忙到连告诉每个人他有多忙的时间都没有。
>
> ——罗伯特·莱姆克（1913—1989，德国）

今天我为别人做了什么好事？

....

....

明天我能把什么事情做得更好？

....

....

一些美好的事情，我今天经历的……

1. ....
2. ....
3. ....

我很感恩……

1.

2.

3.

什么让今天变得那么美好？

积极的自我肯定

没有人会因为付出而变得贫穷。

——安妮·弗兰克（1929—1945，德国）

今天我为别人做了什么好事？

明天我能把什么事情做得更好？

一些美好的事情，我今天经历的……

1.

2.

3.

216

我很感恩……

1.
2.
3.

什么让今天变得那么美好？

积极的自我肯定

我有一种很好的预感。
——安德烈亚斯·穆勒（1967—，德国）

今天我为别人做了什么好事？

明天我能把什么事情做得更好？

一些美好的事情，我今天经历的……

1.
2.
3.

我很感恩……

1.
2.
3.

什么让今天变得那么美好?

积极的自我肯定

极限的感觉不应该意味着:
你到这里就结束了，而是你仍然需要成长。
——埃米尔·戈特（1864—1908，德国）

今天我为别人做了什么好事?

明天我能把什么事情做得更好?

一些美好的事情，我今天经历的……

1.
2.
3.

每周反思
本周进步

1.
2.
3.

在刻度表1~10上，评估下本周有多幸福，为什么？

| 1 | 2 | 3 | 4 | 5 | 6 | 7 | 8 | 9 | 10 |

本周我学到了些什么？

每周计划
为了过好本周的每一天

工作计划   个人（生活）计划

让我感到高兴的是：

1.
2.
3.

笔记 & 想法

....
....
....
....
....
....
....
....
....
....
....
....
....
....
....
....
....
....
....
....
....
....
....

你的习惯跟踪器

习惯	周一	周二	周三	周四	周五	周六	周日
	○	○	○	○	○	○	○
	○	○	○	○	○	○	○
	○	○	○	○	○	○	○

你必须看到

事物的本来面目，

但也不要

被它的表面所蒙蔽。

——罗伯特·莱姆克（1913—1989，德国）

我很感恩……

1.
2.
3.

什么让今天变得那么美好？

积极的自我肯定

本周挑战

有时你想做别人觉得"孩子气"或"尴尬"的事情吗？ 那么尽管去做吧！我们曾经都是一个孩子，只不过他现在被包裹在一个成年人的身体里，事实上你心中的孩子还没有消失。[19] 别忘了自己天真俏皮的一面，时不时地把它释放出来——这种解放的感觉是值得的！

今天我为别人做了什么好事？

明天我能把什么事情做得更好？

一些美好的事情，我今天经历的……

1.
2.
3.

222

我很感恩……

1.
2.
3.

什么让今天变得那么美好?

积极的自我肯定

每个孩子都是艺术家,
问题在于你长大成人之后如何能够继续保持艺术家的灵性。
——巴勃罗·毕加索(1881—1973,西班牙)

今天我为别人做了什么好事?

明天我能把什么事情做得更好?

一些美好的事情,我今天经历的……

1.
2.
3.

我很感恩……

1.
2.
3.

什么让今天变得那么美好？

积极的自我肯定

不要花时间寻找阻碍，它可能根本不存在。

——弗兰兹·卡夫卡（1883—1924，捷克）

今天我为别人做了什么好事？

明天我能把什么事情做得更好？

一些美好的事情，我今天经历的……

1.
2.
3.

224

周一　周二　周三　周四　周五　周六　周日

我很感恩……

1.
2.
3.

什么让今天变得那么美好？

积极的自我肯定

笑也一生，哭也一生。
——中国谚语

今天我为别人做了什么好事？

明天我能把什么事情做得更好？

一些美好的事情，我今天经历的……

1.
2.
3.

225

周一　周二　周三　周四　周五　周六　周日

我很感恩……

1.
2.
3.

什么让今天变得那么美好?

积极的自我肯定

教别人容易，教自己难。

——奥斯卡·王尔德（1854—1900，英国）

今天我为别人做了什么好事?

明天我能把什么事情做得更好?

一些美好的事情，我今天经历的……

1.
2.
3.

226

我很感恩……

1.
2.
3.

什么让今天变得那么美好？

积极的自我肯定

> 不要害怕走得慢，千万不要站着不动！
> ——克里斯蒂安·奥古斯特·沃皮乌斯（1762—1827，德国）

今天我为别人做了什么好事？

明天我能把什么事情做得更好？

一些美好的事情，我今天经历的……

1.
2.
3.

227

我很感恩……

1.
2.
3.

什么让今天变得那么美好？

积极的自我肯定

要想了解自己，就要先研究自己。
——伊万·谢尔盖耶维奇·屠格涅夫（1818—1883，俄国）

今天我为别人做了什么好事？

明天我能把什么事情做得更好？

一些美好的事情，我今天经历的……

1.
2.
3.

每月检查

总分	1	2	3	4	5	6	7	8	9	10
感恩	1	2	3	4	5	6	7	8	9	10
专注	1	2	3	4	5	6	7	8	9	10
家人	1	2	3	4	5	6	7	8	9	10
朋友	1	2	3	4	5	6	7	8	9	10
伙伴关系	1	2	3	4	5	6	7	8	9	10
娱乐	1	2	3	4	5	6	7	8	9	10
和平与宁静	1	2	3	4	5	6	7	8	9	10
个人时间	1	2	3	4	5	6	7	8	9	10
健康饮食	1	2	3	4	5	6	7	8	9	10
水和饮料	1	2	3	4	5	6	7	8	9	10
运动	1	2	3	4	5	6	7	8	9	10
旅行	1	2	3	4	5	6	7	8	9	10
健康	1	2	3	4	5	6	7	8	9	10
创新	1	2	3	4	5	6	7	8	9	10
财务状况	1	2	3	4	5	6	7	8	9	10
工作培训	1	2	3	4	5	6	7	8	9	10
思想与情绪	1	2	3	4	5	6	7	8	9	10
现在	1	2	3	4	5	6	7	8	9	10
未来	1	2	3	4	5	6	7	8	9	10

本月笔记

每月6问

当你想到"成功"这个词时，首先想到的是哪两个人，为什么？
成功对你来说究竟意味着什么？

....
....
....
....
....
....

距离上次你做的那件事情过去多久了，
那件任何人（甚至连你自己）都没有意料到你会做的事情？
你当时感觉如何？

....
....
....
....
....
....

如果你可以选择世界上任何一个人——无论生死：
那么每个月一次，你想邀请谁和你共进晚餐？

....
....
....
....
....
....

每月6问

在未来几年的时间，你想实现什么样的人生梦想？

为什么它对你如此重要？

目前你可以朝着什么具体的目标努力呢？

....

....

....

....

....

....

如果你能改变你的成长方式的话，那会是什么样的？

....

....

....

....

....

....

最近为什么你明明更想说"不"时，却说了"是"？

当你想说"不"时，就说"不"对你自己会有什么好处？

....

....

....

....

....

....

每周反思
本周进步

1.
2.
3.

在刻度表1~10上，评估下本周有多幸福，为什么？

1	2	3	4	5	6	7	8	9	10

本周我学到了些什么？

每周计划
为了过好本周的每一天

工作计划	个人（生活）计划

让我感到高兴的是：

1.
2.
3.

笔记 & 想法

你的习惯跟踪器

习惯	周一	周二	周三	周四	周五	周六	周日
	○	○	○	○	○	○	○
	○	○	○	○	○	○	○
	○	○	○	○	○	○	○

重复的行为造就了我们，

因此，

卓越不是一个行为，

而是一种习惯。

——亚里士多德（前384—前322，古希腊）

我很感恩……

1. ．．
2. ．．
3. ．．

什么让今天变得那么美好？

积极的自我肯定

本周挑战

早在2000年前，古罗马哲学家塞涅卡就说过："我们在想象中所受的痛苦比在现实中要多。"一项研究表明，只有15%的担忧变成了现实，80%的担忧要比预想的更容易解决，本周要记住这点，你有理由对自己的生活更加乐观一些。

今天我为别人做了什么好事？

明天我能把什么事情做得更好？

一些美好的事情，我今天经历的……

1. ．．
2. ．．
3. ．．

235

我很感恩……

1.
2.
3.

什么让今天变得那么美好？

积极的自我肯定

人啊，要认识你自己，
然后你就什么都知道了。
——苏格拉底（前469—前399，古希腊）

今天我为别人做了什么好事？

明天我能把什么事情做得更好？

一些美好的事情，我今天经历的……

1.
2.
3.

236

周一　周二　周三　周四　周五　周六　周日　...

我很感恩……

1. _____
2. _____
3. _____

什么让今天变得那么美好？

_____

_____

_____

积极的自我肯定

_____

_____

爱一个人意味着成为唯一一个相信奇迹的人，
而这个奇迹对其他人来说是看不见的。
——《教父》

今天我为别人做了什么好事？

_____

_____

明天我能把什么事情做得更好？

_____

_____

一些美好的事情，我今天经历的……

1. _____
2. _____
3. _____

我很感恩……

1.
2.
3.

什么让今天变得那么美好？

积极的自我肯定

如果你想听真话，
首先你应该先问问自己是否可以接受真话。
——恩斯特·R.豪施卡（1926—2012，德国）

今天我为别人做了什么好事？

明天我能把什么事情做得更好？

一些美好的事情，我今天经历的……

1.
2.
3.

238

我很感恩……

1. ....
2. ....
3. ....

什么让今天变得那么美好?

....
....
....
....

积极的自我肯定

....

成长为比自己更伟大的人是生命的价值和幸福。
——皮埃尔·泰亚尔·德·夏尔丹（1881—1955，法国）

今天我为别人做了什么好事?

....
....

明天我能把什么事情做得更好?

....
....

一些美好的事情，我今天经历的……

1. ....
2. ....
3. ....

我很感恩……

1.
2.
3.

什么让今天变得那么美好？

积极的自我肯定

机会只会留给有准备的人。
——路易斯·巴斯德（1822—1895，法国）

今天我为别人做了什么好事？

明天我能把什么事情做得更好？

一些美好的事情，我今天经历的……

1.
2.
3.

我很感恩……

1.
2.
3.

什么让今天变得那么美好？

积极的自我肯定

> 人与人和睦共处，就要接受他人本来的样子，
> 别无他法！
>
> ——康拉德·阿登纳（1876—1967，德国）

今天我为别人做了什么好事？

明天我能把什么事情做得更好？

一些美好的事情，我今天经历的……

1.
2.
3.

每周反思

本周进步

1.
2.
3.

在刻度表1~10上，评估下本周有多幸福，为什么？

| 1 | 2 | 3 | 4 | 5 | 6 | 7 | 8 | 9 | 10 |

本周我学到了些什么？

每周计划

为了过好本周的每一天

工作计划	个人（生活）计划

让我感到高兴的是：

1.
2.
3.

笔记 & 想法

你的习惯跟踪器

习惯   周一 周二 周三 周四 周五 周六 周日

○ ○ ○ ○ ○ ○ ○

○ ○ ○ ○ ○ ○ ○

○ ○ ○ ○ ○ ○ ○

我很感恩……

1.
2.
3.

什么让今天变得那么美好?

积极的自我肯定

本周挑战

给别人一点意外惊喜：无论是他最喜欢的巧克力、一杯咖啡还是一个小小的鬼脸，这些小小的关注都会加强你们的关系，同时还能营造一个好心情和氛围。

今天我为别人做了什么好事?

明天我能把什么事情做得更好?

一些美好的事情, 我今天经历的……

1.
2.
3.

我很感恩……

1. ....
2. ....
3. ....

什么让今天变得那么美好?

....

....

积极的自我肯定

....

从小小的行为就可以看出一个人的性格本性。

——塞涅卡（约前4—65，古罗马）

今天我为别人做了什么好事?

....

明天我能把什么事情做得更好?

....

一些美好的事情，我今天经历的……

1. ....
2. ....
3. ....

245

我很感恩……

1.
2.
3.

什么让今天变得那么美好？

积极的自我肯定

那些想忠于自己的人不可能总是忠于他人。
——克里斯蒂安·摩根斯坦（1871—1914，德国）

今天我为别人做了什么好事？

明天我能把什么事情做得更好？

一些美好的事情，我今天经历的……

1.
2.
3.

246

我很感恩……

1.
2.
3.

什么让今天变得那么美好？

积极的自我肯定

> 如果有一种信念可以移山，
> 那就是相信自己的力量。
>
> ——玛丽·冯·埃布纳·埃申巴赫（1830—1916，奥地利）

今天我为别人做了什么好事？

明天我能把什么事情做得更好？

一些美好的事情，我今天经历的……

1.
2.
3.

我很感恩……

1.
2.
3.

什么让今天变得那么美好？

积极的自我肯定

> 我不知道如果不同的话是否会更好，
> 但如果要更好的话就必须不同。
> ——格奥尔格·克里斯托夫·利希滕贝格（1742—1799，德国）

今天我为别人做了什么好事？

明天我能把什么事情做得更好？

一些美好的事情，我今天经历的……

1.
2.
3.

我很感恩……

1. ....
2. ....
3. ....

什么让今天变得那么美好？

....

....

....

积极的自我肯定

....

....

倾听他人比展示自己的口才更有用。

——戴尔·卡耐基（1888—1955，美国）

今天我为别人做了什么好事？

....

....

明天我能把什么事情做得更好？

....

....

一些美好的事情，我今天经历的……

1. ....
2. ....
3. ....

我很感恩……

1.

2.

3.

什么让今天变得那么美好？

积极的自我肯定

> 归根结底，重要的是我们所做的事情和当下的生活
> ——而不是我们一直渴望的东西。
> ——阿瑟·施尼茨勒（1862—1931，奥地利）

今天我为别人做了什么好事？

明天我能把什么事情做得更好？

一些美好的事情，我今天经历的……

1.

2.

3.

250

每周反思
本周进步

1.
2.
3.

在刻度表1~10上，评估下本周有多幸福，为什么？

1	2	3	4	5	6	7	8	9	10

本周我学到了些什么？

每周计划
为了过好本周的每一天

工作计划	个人（生活）计划

让我感到高兴的是：

1.
2.
3.

笔记 & 想法

你的习惯跟踪器

习惯	周一	周二	周三	周四	周五	周六	周日
	○	○	○	○	○	○	○
	○	○	○	○	○	○	○
	○	○	○	○	○	○	○

周一　周二　周三　周四　周五　周六　周日　

我很感恩……

1.
2.
3.

什么让今天变得那么美好？

积极的自我肯定

今天我为别人做了什么好事？

明天我能把什么事情做得更好？

一些美好的事情，我今天经历的……

1.
2.
3.

253

我很感恩……

1.
2.
3.

什么让今天变得那么美好？

积极的自我肯定

事物只有被赋予的价值。

——莫里哀（1622—1673，法国）

今天我为别人做了什么好事？

明天我能把什么事情做得更好？

一些美好的事情，我今天经历的……

1.
2.
3.

我很感恩……

1. ....
2. ....
3. ....

什么让今天变得那么美好？

....

....

积极的自我肯定

....

所有能力只有通过克服障碍才能被认可。

——伊曼努尔·康德（1724—1804，德国）

今天我为别人做了什么好事？

....

明天我能把什么事情做得更好？

....

一些美好的事情，我今天经历的……

1. ....
2. ....
3. ....

255

我很感恩……

1.
2.
3.

什么让今天变得那么美好?

积极的自我肯定

> 无论发生什么，都会带来获取经验的好处。
> ——F. 斯科特·菲茨杰拉德（1896—1940，美国）

今天我为别人做了什么好事?

明天我能把什么事情做得更好?

一些美好的事情，我今天经历的……

1.
2.
3.

256

周一　周二　周三　周四　周五　周六　周日　.......................

我很感恩……

1. ....
2. ....
3. ....

什么让今天变得那么美好？

....

....

积极的自我肯定

....

爱是唯一能够把敌人变成朋友的力量。

——马丁·路德·金（1929—1968，美国）

今天我为别人做了什么好事？

....

....

明天我能把什么事情做得更好？

....

....

一些美好的事情，我今天经历的……

1. ....
2. ....
3. ....

我很感恩……

1.

2.

3.

什么让今天变得那么美好？

积极的自我肯定

> 上士闻道，勤而行之；中士闻道，若存若亡；
>
> 下士闻道，大笑之。
>
> ——老子（约前571—前471）

今天我为别人做了什么好事？

明天我能把什么事情做得更好？

一些美好的事情，我今天经历的……

1.

2.

3.

我很感恩……

1.
2.
3.

什么让今天变得那么美好？

积极的自我肯定

> 思想自由如果不能导致行动自由，
> 又有什么用呢？
> ——乔纳森·斯威夫特（1667—1745，英国）

今天我为别人做了什么好事？

明天我能把什么事情做得更好？

一些美好的事情，我今天经历的……

1.
2.
3.

每周反思
本周进步

1. ....
2. ....
3. ....

在刻度表1~10上，评估下本周有多幸福，为什么？

| 1 | 2 | 3 | 4 | 5 | 6 | 7 | 8 | 9 | 10 |

....

....

....

本周我学到了些什么？

....

....

....

每周计划
为了过好本周的每一天

工作计划   个人（生活）计划

让我感到高兴的是：

1. ....
2. ....
3. ....

260

笔记 & 想法

你的习惯跟踪器

习惯	周一	周二	周三	周四	周五	周六	周日
	◯	◯	◯	◯	◯	◯	◯
	◯	◯	◯	◯	◯	◯	◯
	◯	◯	◯	◯	◯	◯	◯

经验不是发生在

一个人身上的事情，

而是一个人如何看待发生在

他身上的事情。

——阿道司·赫胥黎（1894—1963，英国）

我很感恩……

1.
2.
3.

什么让今天变得那么美好？

积极的自我肯定

本周挑战

坚持自己的正确立场可能会让人筋疲力尽。你还需要投入大量精力来捍卫自己的立场，尤其是当对方不讲道理时。对身体来说，这个过程就像一场斗争：你的血压升高，你的肌肉紧张，不能放松，直到你"赢"了。仔细想想：你更喜欢坚持正确立场还是保持一种平衡状态？

今天我为别人做了什么好事？

明天我能把什么事情做得更好？

一些美好的事情，我今天经历的……

1.
2.
3.

我很感恩……

1.
2.
3.

什么让今天变得那么美好？

积极的自我肯定

忍耐是一种不好的感觉，
但最终它带来的结果可能是好的。
——罗伯特·弗罗斯特（1874—1963，美国）

今天我为别人做了什么好事？

明天我能把什么事情做得更好？

一些美好的事情，我今天经历的……

1.
2.
3.

我很感恩……

1.
2.
3.

什么让今天变得那么美好?

积极的自我肯定

> 对世界生气是愚蠢的。
> 因为它根本不在乎。
>
> ——马可·奥勒留(121—180, 古罗马)

今天我为别人做了什么好事?

明天我能把什么事情做得更好?

一些美好的事情,我今天经历的……

1.
2.
3.

265

我很感恩……

1.
2.
3.

什么让今天变得那么美好?

积极的自我肯定

如果你敢做某事,你的勇气就会随之增长;
如果你犹豫不决,你的恐惧也会随之增加。

——圣雄甘地(1869—1948,印度)

今天我为别人做了什么好事?

明天我能把什么事情做得更好?

一些美好的事情,我今天经历的……

1.
2.
3.

266

我很感恩......

1.
2.
3.

什么让今天变得那么美好?

积极的自我肯定

我感谢所有离开我的人,
他们给了我接触新事物的机会。
——保罗·科埃略(1947—,巴西)

今天我为别人做了什么好事?

明天我能把什么事情做得更好?

一些美好的事情,我今天经历的......

1.
2.
3.

267

我很感恩……

1.
2.
3.

什么让今天变得那么美好？

积极的自我肯定

> 那些想找到自己的人不能向别人问路。
>
> ——保罗·瓦茨拉维克（1921—2007，美国）

今天我为别人做了什么好事？

明天我能把什么事情做得更好？

一些美好的事情，我今天经历的……

1.
2.
3.

268

我很感恩……

1.
2.
3.

什么让今天变得那么美好?

积极的自我肯定

生活就是由无数点滴小事组成的。

——查尔斯·狄更斯（1812—1870，英国）

今天我为别人做了什么好事?

明天我能把什么事情做得更好?

一些美好的事情，我今天经历的……

1.
2.
3.

每周反思
本周进步

1.
2.
3.

在刻度表1~10上，评估下本周有多幸福，为什么？

1	2	3	4	5	6	7	8	9	10

本周我学到了些什么？

每周计划
为了过好本周的每一天

工作计划   个人（生活）计划

让我感到高兴的是：

1.
2.
3.

笔记 & 想法

你的习惯跟踪器

习惯	周一	周二	周三	周四	周五	周六	周日
	○	○	○	○	○	○	○
	○	○	○	○	○	○	○
	○	○	○	○	○	○	○

回忆

只剩一周的时间了。

杰出的作家尤瓦尔·诺亚·赫拉利 (Yuval Noah Harari) 在其著作《未来简史》中有写人类接下来的两个伟大目标是获得永生和幸福。他还说："获得真正的幸福可能并不比攻克老死容易得多。"[18] 即使我们对此更加乐观，但他说的也很有道理，从进化的角度来看，人类并不是为了追求幸福而生的。因此，追求幸福和满足始终是一项艰巨的挑战。

我们相信：幸福不是巧合，而是态度和思维方式的问题。我们还相信，要想过上幸福和充实的生活，一定要拥有良好的态度和积极的思维模式去看待事情。

因此，继续使用已被实践验证的正向心理学的原则，养成理想的习惯——例如感恩、正念、乐观主义、每天为他人做好事的意识或实现个人成长的日常反省——成为你性格的一部分。

继续为你的个人幸福而努力吧。

我很感恩……

1.
2.
3.

什么让今天变得那么美好？

积极的自我肯定

本周挑战

沉默既是一把精神牙刷，又是大脑的有效充电器，因为研究表明：沉默可以补充认知资源，减轻压力并具有镇静作用，甚至可以让新的有益脑细胞生长，绝对让你变得更聪明。尽可能经常地让自己保持几分钟的绝对沉默，体验其带来的积极影响。

今天我为别人做了什么好事？

明天我能把什么事情做得更好？

一些美好的事情，我今天经历的……

1.
2.
3.

我很感恩……

1.
2.
3.

什么让今天变得那么美好？

积极的自我肯定

沉默不会问问题，
但它可以对任何事情给我们一个答案。
——恩斯特·费斯特尔（1955—，奥地利）

今天我为别人做了什么好事？

明天我能把什么事情做得更好？

一些美好的事情，我今天经历的……

1.
2.
3.

我很感恩……

1.
2.
3.

什么让今天变得那么美好？

积极的自我肯定

> 对于学习者的灵魂来说，即使在最黑暗的时刻，
> 生命也有着无限的价值。
> ——伊曼努尔·康德（1724—1804，德国）

今天我为别人做了什么好事？

明天我能把什么事情做得更好？

一些美好的事情，我今天经历的……

1.
2.
3.

我很感恩……

1.
2.
3.

什么让今天变得那么美好?

积极的自我肯定

我们经常不得不重新开始,
但很少从头开始。
——恩斯特·费斯特尔(1955—,奥地利)

今天我为别人做了什么好事?

明天我能把什么事情做得更好?

一些美好的事情,我今天经历的……

1.
2.
3.

我很感恩……

1.
2.
3.

什么让今天变得那么美好?

积极的自我肯定

我们生活的全部就是我们所珍爱的时间。

——威廉·布希（1832—1908，德国）

今天我为别人做了什么好事?

明天我能把什么事情做得更好?

一些美好的事情，我今天经历的……

1.
2.
3.

我很感恩……

1.
2.
3.

什么让今天变得那么美好?

积极的自我肯定

一个人永远不要羞于承认自己的错误,
承认错误不过是表明他今天比昨天更加聪明了。
——亚历山大·波普(1688—1744,英国)

今天我为别人做了什么好事?

明天我能把什么事情做得更好?

一些美好的事情,我今天经历的……

1.
2.
3.

我很感恩……

1.
2.
3.

什么让今天变得那么美好？

积极的自我肯定

勇气是行动的开始，幸福是行动的终点。
——德谟克利特（前460—前370或前356，古希腊）

今天我为别人做了什么好事？

明天我能把什么事情做得更好？

一些美好的事情，我今天经历的……

1.
2.
3.

279

每月6问

在过去的几年里，从根本上，你对什么彻底改变了看法？
这种变化是如何产生的？

你全心全意地爱着谁？
你上一次表达这份爱是什么时候？

你是父亲/母亲、儿子/女儿、男朋友/女朋友、男伙伴/女伙伴，
你喜欢你这个角色吗？
你认为还有哪些改进的空间？

每月 6 问

如果你可以重温生命中的一天，会是哪一天？
那天有什么特别之处呢？

想想你最近失去的一些重要的东西或人，
你从这些经历中学到了什么积极的教训？

在日常生活中，哪些事情会让你产生最大的压力？
你还能做什么——或者不再做什么——才能够更沉着地对待它？

每月检查

总分	1	2	3	4	5	6	7	8	9	10
感恩	1	2	3	4	5	6	7	8	9	10
专注	1	2	3	4	5	6	7	8	9	10
家人	1	2	3	4	5	6	7	8	9	10
朋友	1	2	3	4	5	6	7	8	9	10
伙伴关系	1	2	3	4	5	6	7	8	9	10
娱乐	1	2	3	4	5	6	7	8	9	10
和平与宁静	1	2	3	4	5	6	7	8	9	10
个人时间	1	2	3	4	5	6	7	8	9	10
健康饮食	1	2	3	4	5	6	7	8	9	10
水和饮料	1	2	3	4	5	6	7	8	9	10
运动	1	2	3	4	5	6	7	8	9	10
旅行	1	2	3	4	5	6	7	8	9	10
健康	1	2	3	4	5	6	7	8	9	10
创新	1	2	3	4	5	6	7	8	9	10
财务状况	1	2	3	4	5	6	7	8	9	10
工作培训	1	2	3	4	5	6	7	8	9	10
思想与情绪	1	2	3	4	5	6	7	8	9	10
现在	1	2	3	4	5	6	7	8	9	10
未来	1	2	3	4	5	6	7	8	9	10

本月笔记

一个巨大的里程碑

你做到了！

在过去的几个月里，你一直在努力地用你的生活填满这些页面，完成了你的《神奇的6分钟日记（纯享版）》。收获成就感，摒弃疑虑，因为并不是每个人都能够做到如此地坚定和积极主动。你应该为自己感到骄傲！

花几分钟翻阅下日记。再看看所有的每月检查，反思一下你在过去几个月里经历的变化。

让你内心的"批评家"休息一下，犒劳自己一些美好的东西。毫不掩饰地告诉自己，自己有多棒，然后庆祝一下！享受你所取得的成就，让这份成功影响你……

你现在感觉怎么样？希望符合你现在的心境：惊人的和难以置信的……

我们还有最后一个问题：你今天为某人做了什么好事？你的回答："我写了一篇关于我的《神奇的6分钟日记（纯享版）》的评论。"

你真是帮了我们的大忙了，因为亚马逊或我们网站上的最新评论，让我们出现在了读者搜索结果中。通过这种方式，我们可以继续开发书籍，传播更多的感恩、正念和生活乐趣。谢谢你的支持！

你想要

……了解更多关于我们的信息?

如果你喜欢《神奇的6分钟日记（纯享版）》，你也会爱上我们每周推送的《专注三件事》！

一周又一周，每周你都能从中发现三个有着充分依据的理由，让你更专注、更沉着、更有成效。这些可以是来自现实生活的鼓舞人心的故事、最新的博客文章、独家的优惠折扣，也可以是我们已转化为实用技巧的最新研究。此外，我们会定期推荐和抽奖那些值得一读并对我们的生活产生积极影响的非小说类书籍——希望也能丰富你的生活。

UrBestSelf

知识的投资

常有最好的利润。

——本杰明·富兰克林（1706—1790，美国）

参考文献

1. 汉森・里克. 硬连接的幸福：满足、沉着和自信的新脑科学. 2016.

2. 安徒生・艾瑞卡. 像阿尔伯特・爱因斯坦一样开始新的一年. 2012.

3. N. 卡斯西奥・克里斯托弗，布鲁克・奥唐纳・马修，福克・艾米丽・B.，泰勒・雪莱・E.，廷尼・弗朗西斯・J.. 社会认知和情感神经科学. 2013.

4. 鲍曼・西加德. 运动心理学. 2006.

5. 海耶斯・斯蒂芬・C.，罗森法布・欧文，伍尔费尔特・埃德加德，蒙德・埃德温・D.，科恩扎米尔，泽特尔・罗伯特・D. 应用行为分析. 1985（18）.

6. 贝尔德・本杰明，斯莫尔伍德・乔纳森/姆拉泽克・迈克尔・D. 心理科学. 2012（10）.

7. 埃尔克斯・约翰・C. 自我如何控制它的大脑. 1996.

8. 丹尼尔・卡尼曼・托尔斯滕・施密特. 快速思考，慢速思考. 2012.

9. 达里奥・雷. 原则、生活和工作. 2017.

10. 达里奥・雷. 原则、生活和工作. 2017.

11. 吉尔伯特・丹尼・T.，库伊德巴赫・乔迪，威尔逊・蒂莫西・D.，历史终结的幻象. 科学2013（6115）.

12. 菲利帕・拉里，范・贾斯维尔德・H・M.，科妮莉亚，波茨・亨利・W・W.，简・沃德尔. 欧洲社会心理学2009（40）.

13. 塞格・罗尔・A.，斯皮林・布莱恩・J.，系统神经科学前沿. 2011，5；66.

14. 希格，查尔斯. 习惯的力量. 2012.

15. 艾尔登・波吉特. 音乐的力量. https://www.zeit.de/zeit-wissen/2012/01/Psychology-Musik.

16. 沃尔夫拉姆・艾伦伯格. https://www.zeit.de/kultur/2017-11/erwachsenwerden-kindheit-entwicklung-philosophie.

17. 麦格・丹. https://www.psychologytoday.com/us/blog/some-assembly-required/201407/Would-you-rather-be-right-or-would-you-rather-be-happy, letzter.

18. 尤瓦尔・诺亚・赫拉利，未来简史. 2016.

19. 卡罗琳・格雷戈尔. 为什么沉默对你的大脑如此有益. https://www.huffingtonpost.com/entry/scilence-brain-benefits_us_56d83967e4b0000de4037004, letzter.

笔记

笔记

笔记

笔记